U0828127

旧日的足迹

李云华 著

Gvangjsih Minzcuz Cuzbanjse
广西民族出版社

序

众诗横生的当下，进入诗坛的门槛似乎变低了。那些可能永远只是自娱的诗句，要么私藏在诗人自己的电脑里等待未来的加冕，要么在众人瞩目的星光大道上熠熠生辉。在当代诗人中，李云华虽不算成绩斐然，但他一直是一位虔诚的诗歌耕耘者，他的用心和勤奋程度可以证明他是诗歌的忠实信徒。李云华的诗歌写作是从肤浅的表达中挣扎出来的，阅读他的诗歌，让人有诗风清新、诗意迭生之感。无论是从叙述结构还是抒情效果来看，他的诗歌无不负载着诗人自身对生命和生活的体悟，既有时代的在场感，又有丰沛的语境，更有深度的哲学思辨，因此值得一读。

一、叙述结构彰显写作技巧日渐成熟

在诗歌写作中，李云华注重叙述结构的安排，这使他的写作技巧日渐成熟。比如，《茅草》《茅草屋》《茅草堆》《茅草根》《茅草的品质》五首诗一气呵成，各首之间又有内在的线索牵引。这组诗以对乡土的诚挚表白，为读者展示了诗人对“茅草”这个意象展开的跌宕起伏的抒情。在阅读时，我能够感受到他的内心始终存有一片净土，那是对故乡的眷恋，对城市反哺乡村之思考。而在这样一组诗里，李云华运用了合理的叙述方式，从而将他的人生体悟展示得淋漓尽致。叙述结构方面的写作技巧在他的《每只飞过原野的萤火虫都沉甸甸》《烟花》《守岁》等诗中表现得更为突出，当他抓住了那些诗性的文字，就像抓住了“稻草”。这种手法的密集运用，既是为抒情而展开，又是形式上的刻意为之，最终成为李云华的诗歌写作习惯。或许，这就是他诗歌风格的集中表现。

在《每只飞过原野的萤火虫都沉甸甸》里，李云华这样写道：“涉水而来 / 逆水而上 / 每一只都载满星火 / 每一只都身心疲惫 / 每一只都毅然决然 / 每一只都无悔无怨 / 每一只都负重前行……”这些诗句意象集中，着力打造语言的辨识度。《烟花》一诗则用了第三人称：“她把烟花埋在梦里 / 她把梦做在烟花里 / 她把前世今生全都打湿在他的眼眶里……”这首诗以一种表面冷静而内心火热的笔调，通过烟花这一意象来抒情。这里的“烟花”显然有特别的意蕴，但诗人避开了庸常的俗套，娓娓而谈，自然而然。

李云华沉迷于这种写作技巧的运用，于是一首接一首地呈现。他那些律动的、活色生香的文字，成为其心灵最好的引擎，如《守岁》中的“把天南地北再唠一遍 / 把酸甜苦辣再尝一遍 / 把家长里短再炒一遍 / 把那些醉人的心意再醒一遍”。我们通常认为，诗歌来自内心生活所在的世界，思想、隐喻以及情绪来自另一个世界，诗歌的不透明性或非确定性由此被众多诗家认同。读者的感受力、认知层次不同，增加了阅读理解的不确定性。李云华反复运用诗歌的这种特性，形成了自己的写作习惯：反复强调，使诗歌更有流畅性。

还是这首《守岁》："她往火堆里添柴/火就更旺了/暖就更多了/满屋子的光/都来自火/不灭的火/都来自她那双不断添柴的手……"诗人以直白的开头结合各种纷繁的个人体验，在克制的抒情中平淡地延展"守岁"的外在形式。而"不断添柴"有一种动势，把诗人想象的某种东西展开在诗歌的丰富性之中，比如"她那双不断添柴的手"。诗的第二节同样尽量使抒情显得克制："她把刘海捋了捋/面若桃花/酒热好了……"接下来的诗句可说中有不可说，不可说中有可说。

我因此要说，最可能对诗歌做出最接近创作意向和初衷的解释的，只能是诗人自己。任何解读、批评或演绎，只是他者切入而赋予原作的一种他者空间。《守岁》中，"我们把城市的繁华和乡村的宁静/摆成一桌/摆出矢志不渝和风雨兼程/摆出光辉的岁月和丰足的五谷/把这美好的年月/好好守下去"，诗写至此，读者已可以清晰地看见这首诗的逻辑，即追溯乡愁的根源，从而回归岁月深处的传统。

在读《月光落在我的手掌心》时，我感受到李云华在写这首诗时对自己情感的演绎，诗行间的结构明晰而和缓："逝去的日子/被月光洗白/在我的手掌心/故乡的味道被记起/城市的街道被遗忘/我就在故乡与城市之间/背着日子穿行／而月光不仅落在我的手掌心／还把村庄和城市间的道路照亮……”在叙述中，诗人仿佛置身于非自然时空中，设置的矛盾对比显得松弛而明快，体现出了诗人内心的情感逻辑。

二、诗歌写作的在场感彰显抒情效果

当下，文学评论界越来越重视在场写作。作为一个诗人，李云华在写作时坚持在场、坚持记录，他创作的饱满度和爆发力使他写作的触角触及生活的多个切面，既接地气，又不故作姿态，仿佛任何事物都可能成为他体认和表达思想、感悟的切入口。李云华对日常意象和日常语言的驾轻就熟，让他的写作展现出诗歌题材的丰富性与思想的深刻性，因此可以说，他的诗歌有一种在场感。

类似这样紧跟时代步伐且语义丰沛的诗句，使读者易于进入深度和广度兼具的诗性空间，无疑为当下汉语诗坛提供了新的维度，按此体认方式去创作应该是一个正确的方向。李云华执着于内心生活的外化，细读他的诗歌，我能够感知他灵魂气息的本真呈现。2021 年 5 月 22 日，“杂交水稻之父”袁隆平逝世，李云华写下《一位老人捧着稻浪走向天堂》：“我在二十四城的房子里／静静地看着窗外的大树摇曳／一场突如其来的大雨令我泪流满面／……／每一粒米都跟着哀伤／稻田暗淡无光……”诗人写出了自己的悲痛，类似如此，不一而足。李云华笔下，应景的、抒写的对象大多为日常事务、人情世态、万象风情和过往岁月，如他因思念母亲而作的《告别三月》里，“母亲和整个三月/都深深埋在泥土里/她曾经用纯正的乡音/称颂过这座城市的美好”。告别三月也告别亲人，诗人为生离死别之事赋予诗意，思绪灵动飞扬，对这些即时应景的人和事的情感就跃然纸上。他善于把交织在人世间的爱恨和冷暖表现为多彩的画面，把自己的体悟，以及自己与世间万物的对话，锤炼成优美的诗句。在《记住一些事物》里，李云华记录了春天的模样：“记住村口的苦楝树还未开花/记住河流还很慵懒/记住吹过屋顶的风还是冷的/记住高山之外/冬天还是主角/街道空空荡荡/只有街尾的那间酒馆/灯一直亮着。”李云华正是以一种在场的姿态来写诗的，力求让思想突破地域、时间甚至生死的边界，从而构建属于自己的精神家园。

李云华《父亲》中的诗句萦绕在眺望窗外时的沉思中。诗人之所以对灵与肉的“疼痛”丝毫不在乎，是因为他自感已经在死神的角度来体验生命的规律了。关于诗歌的抒情，关于诗歌写作的在场感，他更愿意通过场景与细节的描写去完成。情感的力量或许更强大，但诗的节奏应该从容、舒缓，就像风笛的声音。

在诗歌中，李云华通过在场感来抒情，通读多首，就容易被他的精神和姿态所感染，被他的勤奋和诚恳所感动。当然，他的这种写作方式，更多的是源于对美丽家园的守望，以及他强烈到一定程度的情感的外溢。

三、诗性哲思提升作品思想价值

写作的最高境界应是什么呢？这值得每一个写作者深

思。对此，每一位成熟的诗人都有自己的思考。我以为，诗歌写作是为了诗意的圆满，为了诗人表达思想和体悟，这驱使诗人求索纸上风云、笔底波澜。笛卡尔说过“我思故我在”，帕斯卡尔认为“人的全部尊严就在于思想”。因此，诗性哲思能使作品更有生命力和思想价值。李云华深谙这种“思”，这种带有自身生命体验的诗思，这种置身于诗歌现场的精神漫游和心灵对话，能够直入人心，同时使诗人实现其人生意义，更能唤起生命意识和重建诗歌逻辑的喜悦。

在城乡二元结构中，对于诗人来说，家乡就是生命的根，也是思想之源。李云华的诗歌深入现实，对城乡二元空间对立中人们的精神状态有着深切的关注。一首《偷偷》道出了多少无奈：“出世以前/我偷偷地埋藏在父母的血液里/想着/也偷偷埋藏在父母血液里的你。”而《镜前语》则充满了对存在意义的深刻思考：“试图说服自己/镜外的那个人/不是他自己。”这些都在一定意义上揭示了他的诗写状态，也体现了李云华是一位有着诗性哲思的诗人。

李云华写亲人的诗情真意切，感人至深。《父亲》这首诗中，“很遗憾，我们不是兄弟/所以我不能像兄弟一样对你”，这个开头摒弃了类似题材的诗歌常见的那种絮絮叨叨，实现了诗歌情绪的爆发。这类诗本身具有回望、检视、反思之意，但李云华这些稍显出格的语言道出了“我”在命运和人生面前的无力感。“我”的父亲一生平凡，看似不多的“光亮”却足以照亮“我”：“如果真的有来世/如果来世我们必须在一起/我只想做你的兄弟/这样我就可以跟你砍柴喝酒/一起侃天侃地/一起吟诗作对/一起约定来生/还要做兄弟。”这样一位父亲是幸福的，“我”对父亲心怀强烈情愫，感人至深。但是诗歌的目的并不只是让别人感动，而是更应该激发源自内心的建设性力量，构筑自我的心灵空间。再来看看《告别三月》：“她早已将所有美好的云/都深深烙在我的名字里……”怀念逝去的母亲是人类的普遍情感，其本身却包含一种对现世的躲避。这些思想的升华，无不是诗人的深思熟虑使然，手法得当，毫不矫情，意义非凡。

毋庸讳言，李云华的诗歌写作在想象力的发挥、诗歌语言的打磨以及题材的广度上仍然有较大的提升空间。我很认同奥威尔的这句话:“想象力,就像荒原上的野兽一样,是不能圈起来驯养的。”优秀的诗歌文本离不开想象力，李云华在这方面的不足也许与他过于刻意追求写作的在场感有关。优秀的诗歌应该是在语言、技巧和修辞的高度融合中生成的。解放自己的思想，从而成为一个能够挑战自我、挑战当下写作潮流的诗人，或许会是李云华下一阶段实现自我提升的关键所在。

丘文桥
（广西文艺评论家协会副主席）

目录

赶夜之人

爱情之味

怀念之烛

大山之内

复兴之路

旧日的足迹

赶夜之人

旧日的足迹

那些踩在雪里的
将被春天铭记
那些踩在田地里的
将被庄稼包围
旧日的足迹
每一步
都深吻着每一寸土地
每一寸土地
都滋生着美好的记忆
经常被忘记
不时被唤起

夜行人

晚霞染红了天边
也染红了整条江
我在江边歇息、喂马
写诗

我知道我和我的马匹将很快没入黑夜
这条江也未能幸免
孤独寂寞和冷
再次提醒我连夜赶路

天边那一颗无名的星
是我无边的相思与安宁
它默默地眨着眼睛
把我疯长的伤痕抚平

我赶着夜路
黑夜赶着我

我和我的马匹相依为命
前路烟波起
前方是故乡

冬　夜

南方的冬夜泡在酒里
天上和人间的灯悉数点亮
人们围着火锅
家长里短
你侬我侬

作为谈资
你我都未能幸免
在冷冷的冬夜
在蒸气缭绕的中山路街区
被他们放在胸口捂热

而我
一夜未眠
看着你伫立在我生命的站台
目送我到来，又挥手
让我离去

已经说不准是酒的麻醉
还是你若丝的手
将我的心掏空
我只剩下空架子
没有乘客
我只身离开灯火辉煌的城市

未来的光
还在黎明的那一个渡口徘徊
破夜而去的轨道
还要经历多少寒风的切割
还要承受多少暗夜的淋漓
才可以停留

只要停留
不要挥手
累了请靠在我的肩膀

用你急促的呼吸
唤醒那一场关于北海的故事
让窗外铺天盖地的夜
离爱远去

而你还伫立在十几年前的站台
守候那些支离破碎的誓言
而我还在穿越漫长的冬夜
重复那些单调的轮回

你招一招手
我便在冬夜的另一端
鸣着长笛
朝你奔去

雪　夜

大雪封关
雪花飘了三天三夜
在这个不能再北的北方
寒冬令万物静默
万籁沉寂
漫天的飞雪和夜的漆黑
围着屋子盘旋

他们促膝坐在壁炉前面
各自盘算多年以来未声张的心事
有时站起来
把一些陈旧的诗稿
放进壁炉并添火
它们已经旧得不能再旧了
他写给她的诗
她读不懂
她懂的是天气不能再冷了

这些诗可以给这屋子增加温暖

他们彻夜未眠
也彻夜不语
他们各自倾听来自心底的马蹄声
由远及近
又声声渐远
循环往复
声声不息

雪停了
天亮了
停在二楼的窗
与雪平行
一尺见方的窗格
挤着两张沧桑而安详的脸庞
一只麻雀在雪地觅食

千里之外
春天正把昨夜从窗口泄露出去的光
千万倍返还
窗格之内
笑靥如花

如果有这么一天

如果有这么一天
我找不到回家的路
只好在街角或某一条路上
踽踽独行
孩子，请不要担心
这些街区和道路
我了如指掌
因为这些地方撒下了我所有的青春
就像圆月洒下的光辉
就像我之前写下的诗行

如果真的有这么一天
请不要寻找我
也不要寻找真相
因为我与真相之间
若即若离
也不要特别悲伤

因为找不到我
找到真相也没有意义

孩子，真正有意义的
是我们脚下的土地
那是唯一能维系生命的根
如果真的有这么一天
我找不到回家的路
那肯定是因为我日益接近土地
就如一片树叶
迟早会凋零
飘落
掉到地里
如果真的有这么一天
孩子，请相信另外一个春天即将来临
你脚下的土地
也许有我遗失的诗句

如果真的有这么一天
请你在清明时节
邮寄给我
地址就是我呱呱坠地的地方

我们都掩饰得很好

我们都掩饰得很好
像鸟儿把寂寞掩藏在快乐的歌声里
我们像朋友一样深知对方
每一次重逢
心底都涌起莫名的欢喜
有时有说有笑
有时举杯祝福

我们都掩饰得很好
像河流把多彩的鹅卵石掩藏在河底
那些吹过河面的风
温柔而清新
斑驳的光照进河里
桥上有人挥手告别
船底流水淙淙

我们都掩饰得很好
直到夜色凝重
我们深藏的那些往事
才像这浓浓的月色
弥漫整个梦乡
所谓爱情

体无完肤
在这样的夜晚
任何一种光亮
都可能撕开夜的伤痕

我好不容易挣脱黑夜
把自己埋在秋日的光里
而你
却跟我不辞而别

总有一瞬间感觉到特别孤寂

像一缕清风拂过辽阔的天际
像一颗邈远的星星落进大海
我走在喧闹的人群里
陌生的人离去
陌生的吆喝离去
漫漫长夜里，在偌大的酒馆
一人独饮
把街道上微弱的灯光
写进厚重的夜色
你的思绪凝重
你举起透明的杯盏
喝下黑夜

总有一瞬间感觉到特别孤寂
此刻，你像沙漠里渐远的驼铃
把黑夜远远抛在身后
你比黑夜更为孤寂

你是黑夜的兄弟
你把大漠咽了下去
你把孤寂咽了下去

你推开酒馆的门
踉踉跄跄地走在空旷的街道
一个人
驮着身影慢慢消逝
星空开始孤寂

如果不能高贵地站立

如果不能高贵地站立
那就卑微地坐着
如果不能卑微地坐着
那就请你慢慢站起身
高贵地站立

我们都一无所有
在人世间
一无所有代表你
代表你仅有的所有

把这杯酒干了吧
至少我们还有这杯酒
把这人世干了吧
至少我们还有生前的回忆

生前你是爱我的
生前你是爱我的唯一
唯一改变的
是你沉在酒中的虚幻
倒在杯中的我
无力扶起你花枝乱颤的七月

好吧
告别高贵的花簇
告别低微的告别
沉醉的是我
拨不开的雾
拨不动的琴弦

努力忘却

今后在这个世上
忘却那些要忘却的
忘却那些无法忘却的
忘却那些烙在心里的月光
以及盛满月光的流水

我已经离去
隐藏在人世之外
江流声远的深谷
尽管她的歌声在山间萦绕
尽管已经努力忘却
那些逐风的彩蝶
爱过的像谷中溪水
爱过的已锈迹斑斑
我抛开村落
带着孤独
奔向大海

扬起帆
告诉未来
该忘却的我已经忘却
那些浪花
只是我不经意激起的淡淡回忆
而已

在纸上种植

我在纸上种植
种玉米和高粱
种苦楝树和风铃花
种香茅草和枇杷
种黄豆和相思树
所有这些都已经长到了知命的年华
所以周围都环绕着袅袅炊烟
伴着鸡鸣犬吠
日子就这样被扯到零散的四季

后来我把母亲种了上去
再后来我把父亲也种了上去
种着种着
种出长不大的童年
和悠远的故乡

每一个躯体里都住着野兽

每一个躯体里都住着野兽
它们不露声色地潜伏
它们跟很多人一样
恋爱、劈柴、煮酒、牧马和醉卧沙场
它们甚至消解那些令你不快的人和事物
它们被你圈养，受你控制
它们有着超能力
可以飞檐走壁
可以上天揽月
可以瞬间挪移
这些通通与生俱来
无论你我

它们一分两派各筑城墙
正义一派执正义之剑主持正义
邪恶一派握邪恶之幡掌管邪恶
它们招兵买马　血战边城

它们水火不容　各为其主
烽火连年家书无寄
统统这些梦里梦外
不分你我

那是一群被你圈养的野兽
在你的体内不断繁衍
你是一个职业驯兽师
正义或邪恶
规则由你
判决由你

荣光或羞耻
你的一念之间
有罪或无罪
也在你的一念之间

镜前语

你呆坐镜前
仔细端详着镜子里面呆坐着的
熟悉而又陌生的男子
你绞尽脑汁
试图说服自己
那个镜中的人
不是你

你没有镜中人那样的忧郁
借杏花村的浊酒
灌入愁肠，麻醉自己
你没有镜中人那样的洒脱
借李太白的豪迈
指点江山，梦游天姥
你没有镜中人那样的细腻
借李清照的婉约
帘卷西风，瘦比黄花
你没有镜中人那样的执着

借范仲淹的江湖
先天下之忧而忧，后天下之乐而乐
你甚至没有水手那样的勇气
借风使力
竖起远航的风帆

所以
镜中的那个人
不是你
你不是镜中的那个人
你只是你
只是你并不知道
镜中的人也死盯着你
也在绞尽脑汁
试图说服自己
镜外的那个人
不是他自己

乡村之夜

还好炎热的空气隐蔽到田野里面了
还好蚊虫被蚊香的烟雾湮没
路灯后面的夜色凝重
霜露隐藏在虫鸣里
低吟浅唱
夜幕下的大重奏
没有聚光灯
山村在大重奏里显得安详
所有的梦各自安好
各自把所想所思而不能说出的秘密
一一演绎
怎么说呢
说出来会划破夜空的寂静
有时还会带来新的隐忧
锄头、镰刀、犁和耙没有入睡
它们在工具房里沉默不语
玉米开始抽穗
丰收的日子不远

过了这个夏季
空气就会变成金黄色
那些迁到城里的人
就会回来收金色玉米
也顺便收割月光和乡村大重奏
城里的霓虹灯下也就有了乡音
一群人在城里的烧烤摊
用方言交换各自所闻
他们用普通话大声喊
老板来三件啤酒，冻的
老板还以方言，内落，懂得密沟[1]
哏苍温吧[2]
内，老板是贝侬，呱嘛哏喽[3]
城里的夜色，开始飘着乡村的味道

---

① 壮语，意为“好了，知道冻的不够”。
② 壮语，意为“喝常温的吧”。
③ 壮语，意为“好，老板是朋友，过来喝酒”。

冬　眠

天寒地冻，生活如明镜似的没有波澜
偶尔清风拂面，也只是不经意间
他们都相继走远，除了偶然在梦里遇见
天各一方，谁又能确定此刻是不是在梦里
一路走来，花草树木一一错过
而我在苍穹之下，不过蝼蚁，不过萤火
千万颗流星划过，那是当年我们青春的烟火
柴门犬吠，炊烟袅袅
你在堂屋织布，我在残院砍柴，也砍掉长河落日
天黑了，掌灯，把夜一一翻遍
那是一首黑色的诗，刚毅，冷峻，熠熠生辉
它一旦将爱歌颂
万道霞光将从诗的扉页
把我们和世间万物
一一唤醒

我端起酒杯一饮而尽

我端起酒杯笑着一饮而尽
他们问我快乐何以降临
我说无边的沙漠长出了无边的丛林
东方千年未有的安宁

我在夜深人静时泪如雨下
他们问我是不是在思念着她
我说世上还有屋漏的家
我却在辜负这美好的年华

我在告别已久的山村叩拜祖先
他们问我为何在异乡流连
我说母亲带我漂泊多年
却将自己埋在遥远的边疆

我在纸上打磨着似水流年
他们问我如何深耕荒芜的麦田
我说把自己按进田间
就会迎来金黄的秋天

每一寸阳光都涂满岁月的痕迹

每一寸阳光都涂满岁月的痕迹
她从南回归线伸出长满老茧的手
抚摸着我那些锈迹斑斑的足迹
她尽量在每一个晌午
让故乡的上空装满黄澄澄的颜色
人们如饥似渴的年月
田里的风吹过稻浪
此刻她安静地注视着我
在离地三尺的地方
撒出金粒子或一束茅草
以及黑夜里藏在箱底的光

她走得匆匆忙忙
仅留下无尽的思念在每一个沉醉的夜晚
让我感觉到痛
也感觉到温暖
闭上眼，她活生生地站在那里
用她柔弱的身躯为我抵挡来自谷底的风

用朴素的信念铸就我的坚强
如今我在城市的巷道中间穿行
人流如织
疾驰而过的车如过眼烟云
绝尘之处
每一寸阳光都涂满岁月的痕迹

处暑之后
我们都将成熟
或挂满枝头
或写尽乡愁
她的安身之处
安静得
如夜空中的一轮明月
照着万物
照着前路
照着我一望无际的归途

今晚月光很好

今晚月光很好
她在叶间婆娑起舞
她在宁静的午夜
趴在我的窗台不知疲倦地说着陈年旧事
她把美好的痛恰如其分地安放在我心头缺角的地方
她把不为人知的秘密泄露给黑夜
让风捎去我多年的偏头痛
不按时吃药和想见不能见的弱水一瓢

没有用的
再多的胡思乱想都于事无补
我必须以足够的睡眠迎来崭新的一天
我必须拉上窗帘关闭所有的光源
让黑夜埋没、占据或者消融
一只羊　两只羊　三只羊　无数只羊
周而复始
羊群遍布田野

天空遍布羊群
一颗流星匆匆划过
孤独的　最亮的　饱含艰辛
哦不，谁在窗外轻轻啜泣
夜已深不见底
念想之外　谁的念想像昙花一样
悄悄盛开，悄悄败落

黎明如约而至
阳光耀眼，漂白阴暗面
无边的温暖铺天盖地
母亲在厨房忙碌的身影重现
我泪流满面
窗外啜泣的声音
从自己内心深处　沿着岁月的痕迹
慢慢地弥漫开来

西　津

在一座城漂泊
在二十四城虚度
知命之年彷徨
花开花落不过时间的刻度
没有了饥饿感
所有的生命之重
浮云之上缥缈如烟
从城市的一端
抵达城市的另外一端
同在地球村
却以不同的方式生存
本能地自我防卫
本能地拒人于千里之外
而我在小小的城里
不断翻阅前人留下的记忆

汲取其中闪亮的因子
激励自己不忘前行
从平良立交到西津
我跟他们一样在地底下穿行
怀揣着各自的念想
玩手机　闭目养神　无意留神任何一张陌生的脸

我们彼此陌生
我们同住地球村
而我会在火车站跟他们分道扬镳
除非有跟我一样
换乘前往石埠的地铁
西津只是我虚无缥缈的念想

五月的花海

五月的花海
盛放
在人世间
每一朵花都以青春的亮色命名
清风拂过
浪花朵朵
那些在烽火连城的岁月
顶天立地的铮铮铁骨
在此岸和彼岸
被穿梭往来的蜜蜂
不断传唱

不断被传唱的还有初升的太阳
蓝色的海无边
与天空对应
白云朵朵
那是被传唱的青春之花

化作羊群，化作清一色的光
倒映在海上
大风吹过
浪潮汹涌
那熟悉的旋律
从海上飘来：
“我们是五月的花海，
用青春拥抱时代……”

我们真的没有来到过

我们真的没有来到过
昨天　今天　明天
无论何时
一朵浪花一露头
就淹没在无数的浪花里
我们并不相识
我们只是在不经意间擦肩而过

我们真的没有来到过
风也没有
棕榈树也没有
每一颗晶莹的沙粒也没有
路过的每一个人
都涂满蓝色
我喝下漫天的蓝
海离我很近也很遥远
海离天空很近也很遥远
海离水很近，它活在水里

我们真的没有来到过
前世　今生　未来
无论何时
一千年以前
一万年以后
我们在某一个午后
落在贝壳、竹简或粉色的纸上
被人们触摸，翻阅

自　白

从此
认真活着
认真活成自己的样子
像雨淋湿龟裂的土地
像风驱走空中的阴霾
像光照亮那一隅漆黑的夜

从此
努力写诗
努力写出自然的颜色
像天空总有纯净的蔚蓝
像大海护送巨轮远航
像北归的鸿雁以“人”字形翱翔

从此
我写下的每一个文字都带着光亮

它们在每个夜晚
以自己的方式
探照每一个未竟的梦想

告别三月

在三月的结尾
隐约听见四月的衣袂拨开花丛
潮湿的街道躲在南风的怀里
这种抽象的、婉转的妩媚
像她少女时代微微上扬的唇
在大雾紧锁的城市
闪烁的车灯射出乳白色的光线
令整座城市重返梦乡

远离这座城市的乡村
母亲和整个三月
都深深埋在泥土里
她曾经用纯正的乡音
称颂过这座城市的美好
她离开家乡的时候
身上带着蒲公英的种子
她说她要让蒲公英

自豪地长在城市的花丛里
她返回家乡时
没有带走城市的一片云彩
她早已将所有美好的云
都深深烙在我的名字里

告别三月
四十七年前那个三月的结尾
父亲用族谱上的刀
砍掉生长过密的花蕊
捧出发出第一声啼哭的我
当我在母亲的怀里听到鸟鸣
四周都是晃眼的乳白色的光
四月的烟雨已经降临

七　月

总有声声回响掠过山谷
总有朵朵浮云飞过山巅
总有叽叽鸟鸣响彻深林
总有股股清流漫过稻田
故乡鸡鸣犬吠，炊烟袅袅

所有这些统统与你无关
你远离故乡
远离自己
你穿过天桥挥汗如雨
你凭七月差遣
你被烈日灼烧
你假装是个诗人
在天桥的中间
对来往的车流诵读天空
诵读与天空称兄道弟的大海
诵读一根鱼刺卡住喉咙的痛

无法呼吸的状态如魂魄即将剥离肉体
七月那些空气
你无法一饮而尽

整条街道只有你一个人
所有的车都无人驾驶
你远离故乡
远离自己
走下天桥
所有的店铺开门营业
你听到人声鼎沸
你看到空荡荡的街道像慢慢收缩的瞳孔
你忘不了那双眼睛
忘不了那个安葬自己的恋人
她越过山谷　爬上山巅
她穿过森林　走过稻田
她日夜吟唱七月的故乡
以及埋在故乡的知己

被一只蜗牛嘲笑

雨过天晴
我踽踽独行在悠长的巷道
这个周末被雨水淹没了
有关俄罗斯和乌克兰冲突的报道
从紧锁的门缝里渗透出来
带着炮弹和尖叫从天空呼啸而过

一只蜗牛从巷道的另一头
孤独地向我爬过来
我们对视
在悠长的巷道
我看到了鄙夷的姿势
充满它的触角
对我冷嘲热讽

我羞愧于被一只蜗牛嘲笑
蜗牛身上的壳

可以抵挡风雨
人类身上的盔甲
无法化解内心的重炮
听
又一阵炮火
从心底呼啸而过

立　夏

莫名的火
流窜在空气里
狗躲在树荫下伸长舌头
厚厚的舌苔被烤得焦黄
一年一度准时到达的节气
在耶路撒冷
街道光着膀子被烈日灼烧

我知道此刻心静自然凉
是多么大的谎言
心底的那一丝丝凉意
不是因为心静
而是因为太过于清醒
使本来达到融点的冰
再次掉入万丈深渊
火永远抵达不到的冰点

火永远抵达不到的冰点
在弹壳的底端
在儿童那一双黑色的眼

一群飞蛾穿越火线

一群飞蛾穿越火线
重复着昼伏夜出的绝响
它们遗传族群固有的坚强
背井离乡
朝着光的方向
争先恐后地飞翔

它们演绎着轰轰烈烈的飞蛾扑火
其中一两只拽着你我
火焰之上升起灼痛的伤
那些给人诱惑的光
撕下黑夜温柔的伪装
无边的苍穹结满无边衷肠

一群飞蛾穿越火线
一念人间
一念天堂

它们身上泛着烈火的光
挺起宽阔的胸膛
化作漫山遍野丰收的麦芒

阳光正好，你为何忧伤

我战战兢兢地避开如潮的车流
挪向对面的那一片荒地
这里杂草丛生
被周边的高楼大厦淹没

不远处是街心花园
人流如织
有的匆匆赶路
有的跳广场舞
有的遛鸟
有的望着天空出神
他们守着自己的疆土

我站在荒地
像一块墓碑立于废墟
一朵孤独的蒲公英冲我诘问
阳光正好，你为何忧伤

世间繁华，你为何荒芜
我无言以对
阳光下我和我的影子
都沉默不语

成为黑夜的一部分

关闭所有的光源
我便成为黑夜的一部分
以自己的微小
融入无限的黑色

白天未了的心事
交给夜晚
这一生暗流涌动
我一直随波翻涌

当我坠入梦乡
无边的黑夜是我厚重的衣裳
当我从人间醒来
世界鼾声如雷

2022 年冬至

太阳一早就窜进窗台
照在儿子熟睡的脸上
这也许是上天的安排
十五年前他出生的那一天
冬至也从天而降

一只小鸟在窗前的那棵树上发呆
或许它也未曾睡醒
还在做着月光宝盒的梦
梦里它们有自己的城堡
有自己的蓝精灵
有自己的魔法棒

我轻轻推开窗
阳光柔柔地洒在我身上
一阵风扑面而来

儿子睡眼惺忪：
“爸爸早上好！”
“儿子生日快乐！”

当我转身
树上的小鸟已经无影无踪
它从何而来
抑或它只是冬至的另一种隐喻
藏在孩子的梦里而已？

时光在匆匆流逝

从稚嫩的童声出发
跌跌撞撞兜兜转转
每一个脚印都被赋予不同的意义
如今蓦然回首
所有的光影一一刻在日子的最深处

一路走来
每一个曾经的我都用双手或坚毅的目光
送我前行
花草树木山水河流
一一与我作别
我和我的马没入霞光
与潺潺流水共销魂
与花山岩画相辉映

光是我不变的追求
我在路过的每一处

都留下颂歌
只希望有一天　除了哒哒的马蹄声
你还能听到歌声里的每一个音符
每一个音符都代表着一束光
每时每刻都照耀着我
照耀隔着至暗的那堵墙
墙头之上
我正以写诗的方式度过风烛残年

接近海

拼尽全力也只能无限接近
树木枯黄了　证明春天已不远
拼尽全力也无法抵达彼岸
彼岸在遥不可及的远方

终日在沙里诵诗
海风依旧
涛声依然

送给乐源的礼物

这是你最后一个儿童节的礼物
不是吃的也不是玩的
而是十四年以来我想说又还没说得出口的事
你是我的儿子
是我和你妈妈刻意安排的一场盛宴
你是我走过的路中一束灿烂的花
也是我无意中采到的一滴晶莹剔透的甘露
我希望你不管狂风暴雨或是天翻地覆
都保持晶莹剔透的样子
这是流在我血液里的本质
按规则也流在你的血液里

真的不想你拥有我一样艰难困苦的童年
我付出了欢乐的时光换回今天在城里扎根的契约
也换回了活蹦乱跳的你
我想在没有光的时候成为月光或者一颗星
只为照亮你的前路
照亮你懵懵懂懂的夜晚

每天早上我跟着太阳一起升起
我小心翼翼地把你从美梦中唤醒
我甚至放着清晨森林的乐章
让你自然地醒来
请你不要抱怨我把你从梦中拽出来
多少年来，我日复一日
希望你成为快乐的飞鸟或雄鹰
飞翔在自己搭建的城市里
多少年来，我反反复复
希望你在肉身生长的同时
灵性一样生长
你在三番五次的委屈中
却好像从未感受到
我的心在纠结地滴着血
流着酸酸的泪

这是我在你最后的儿童节
想要跟你说的

如果做不了栋梁
那就做普通的树木吧
给青山一点绿荫也好
如果做不了树木
那就做一棵小草吧
风再大你顶多弯一下腰
你最终还是你自己
一个站在泥土之上
不屈不挠的自己
祝儿童节快乐
我心爱的孩子

送给悦源的礼物

你肯定是某颗从银河散落的星星
或是某位仙子潜入人间
化成你的样子
你不断打探着人间的秘密
不断把心爱的东西占为己有
然后分享给你的亲朋好友和路人
你会捡起落花带回家
说要送给妈妈
你会在爸爸进门的时候欢呼雀跃
像一只欢乐的小鸟在枝头飞跃

你也会生气
你会把双手交叉在胸前
你会跺脚
你会说：
“我不跟你玩了，
我不理你了！”

但你也经不住软糖或冰激凌的诱惑
瞬间又变得很愉快

你会对着电视载歌载舞
你把仙子的舞姿泄露给了人间
还把优美的歌声传给窗外一群偷听的小鸟
它们也跟着你歌唱
整个小区变成了你的舞台
你就是站在聚光灯下
歌颂人间美好的那一个女孩

你也会疼痛
你也会哭得梨花带雨
你害怕电闪雷鸣
也害怕炮火连天
但你也会说：
“爸爸妈妈我长大了，

我是姐姐，

不是妹妹了，

自己的事情要自己做！”

旧日的足迹

爱情之味

苦楝树

你并不知道
我就是村口那一棵苦楝树
没有华丽的衣裳
你更不知道
多少年来
我默默地注视着你归来
又目送着你远去
多少个日夜
我只能跟天空倾诉
久积心底相思的苦
可是寒来暑往
你总是来去匆匆
对我没有一丝的关注
哪怕是匆匆一瞥
也令我心满意足

我相信
你一定会到来
为了你的到来
我把自己装扮得更加妖娆
踮起脚尖望得更远
伸展腰肢翩翩起舞
甚至把花期蔓延到整个夏天

你终于来了
在我风华正茂的时刻
慢慢地走近我
你驻足，闭目
我屏住呼吸，静静地
静静地，静静地等你
将我紧紧抱住

然而，你没有
你只是做了深呼吸
然后又匆匆地离我而去
就连我身上一簇簇争奇斗艳的花朵
都未曾瞥上一眼
你走得义无反顾

你可知道
我准备好的芬芳花语
张罗好的一桩花事
都随风飘落
你可知道
在你的身后
漫天飞舞的花瓣
可是我支离破碎的心啊

追　忆

很久以前在村庄里遗忘的
曾在童年的梦里开过的花
被自己浇灌
被自己采摘
就算梦醒
也找不到的云彩
浮过天际，如流星
如那些翻出褶皱的课本
越来越远的读书声

越来越沉重的脚步和高山
越来越近的风雨
一滴泪水淹没了自己
从此就在海里浮沉
咸咸的味道
咸咸的忧伤冲到沙滩
又游了回来

听着高亢的渔歌
沉到沙里，沉到寄居蟹的暖床

而我始终看见很多笑脸
迎着风，带着咸咸的味道
带着我，从海上登陆
又从陆地折回
把我埋在海里
咸咸的海里
沉重的沙滩是我给你的嘱托
它的亮色是我睁开的眼睛
我的双臂在桅杆上
请你告诉岸头我的归期
就在你想我的那一个早晨
你闭上眼睛，深呼吸
静静地听
那就是我，你在我心口

记住一些事物

这个春天
我们都在家里
把春节过完
我们还要按照节气的旨意
春耕　播种　施肥
然后等着房前屋后开满三月的花

我们待在自己家里
劈柴　烤火　煮酒
趁着春天还在
努力记住一些事物

记住村口的苦楝树还未开花
记住河流还很慵懒
记住吹过屋顶的风还是冷的
记住高山之外
冬天还是主角

街道空空荡荡
只有街尾的那间酒馆
灯一直亮着

记住你心底的那一个人
住在另一座城市
趁着体温还暖
发个信息向她告白
春天来临之前，你一直爱她
过完这个春天
你将不远万里朝她奔去
否则，你将是三月里
她遇见的第一朵花
或者流下的第一滴泪水

偷　偷

出世以前
我偷偷地埋藏在父母的血液里
想着
也偷偷埋藏在父母血液里的你

出世之后
我偷偷将第一声啼哭塞进春风的袖口
想着
也偷偷将第一声啼哭塞进春风袖口的你

等到可以凭方块字走进春秋战国的城池
我偷偷摘走了秦时的明月擦亮了汉时的瓦
想着也偷偷走进春秋战国的烟火
顾影自怜的你

待在榜山文塔下寒窗苦读
我偷偷在唐诗宋词的帷幔里煮字疗饥

想着
也偷偷在榜山文塔下编织彩虹的你

当我在相思湖畔捉弄无边的垂柳
我偷偷把一颗相思的红豆镶进黄昏
想着
也偷偷在碧云湖里戏鱼采莲的你

我偷偷想你
在张骞的马背上，在郑和的船队里
从长安到罗马，从南洋到阿拉伯海
从此岸到彼岸，从青丝到白发

而今
我只能偷偷溜进你的朋友圈
窥视你未老的容颜
偷偷点赞，偷偷把叹息按进酒里

我偷偷把你从梦里拽出来
以为可以偷偷地占有，偷偷地珍藏
而你却偷偷地
把我的余生拽回了梦里

本以为可以瞒天过海

本以为可以瞒天过海
在如此沉静的夜
一只海燕掠过体内最柔软的区域
那些镀金的信誓旦旦的词语
像落花凋零在繁华的路口
此刻我变得如此卑微
更加卑微的
是那些在夜空中散播的流言
体表所有披着的谎
被星光一一剥落

黑夜里生长的
缺乏钙质的海誓山盟
见光就消逝
所以它们避开光线
隐蔽在战战兢兢的日子里
任由醉意
倾听来自千里之外的声声叹息

我就这样蜷缩在叹息里
借着脆弱的壳抵挡风雨
对于那一汪经不起波澜的相思
我无言以对　时时泪流满面
愧疚之情不断驱逐
日渐减少的欢声笑语
岁月的墙上布满伤痕
浸泡在黑夜里的心扉已经锈迹斑斑

我将跟黑夜一起消逝
看似体面一点，与黎明同时抵达
我将把所有藏匿的光
还给大地　还给春天　还给远方的你
但我不愿醒来
不愿逃离深不可测的海
就算钻心的痛和无以复加的苦
已经在我的每一寸肌肤
弥漫而来

我的前世是一滴眼泪

我的前世是一滴眼泪
所以今生饱含着泪水

我持有水的柔性
却又是坚毅的
也会水滴石穿

我对万物一碗水端平
我把眼泪均分
有些流在脸上
有些流在心里

我的前世是一滴眼泪
在万里长空
看着你
听雨

我们都活在对方的泪水里

我们背对着背
你迎着光
我背着你

我们就这样形影不离
总有那么一瞬间
你也会活在我的阴影里

我们一起遥望天际
太阳它玩累了
回到母亲的怀抱里

如今我们拥抱在一起
整夜大雨倾盆
我们都活在对方的泪水里

初　恋

他远远地凝视着她
从不敢靠近
也不愿离得太远

当她起身离开
他便张望有没有人来
他会坐在她原来的位置感受余温

两年之后各奔前程
他们有过对话
又像自言自语
时间是一个公平的沙漏

后来他成为一所学院的院长
她在交易场打理日复一日的生活
他们在各自的轨道上轮回

今晚他跟我喝了三盅酒
他说自己忘不了当时的余温
温暖了他之后每一个寒冬的夜晚

他说初恋是什么
初恋就是不用去打扰
都觉得自己很幸福的样子

这是一条通往大海的道路

这是一条通往大海的道路
悠长悠长地从我的脚下延伸而去
道路两旁的古老建筑默默指认着
这是一条老路
我从小走到老
它还是老路
直到有一天
海风捎来春天的气息
这条路铺满鲜花
我才知道这条长路的尽头
一直都是春暖花开
走到海边
我老
它仍未老

落　叶

我知道，有一天
终究有一天
在一个静谧的早晨
在一个霜露沉沉的早晨
在一个世界仍在沉睡的早晨
我摇曳在树上
我想静静地迎来第一缕晨光

我曾经翠绿
曾经经历风雨
曾经每一天
骄傲地在枝头歌唱
或者忧伤
或者沉默
或者与夕阳与繁星
或者与那些曾经的叹息
对视

从那时候开始我就对着天空
思考自己
自己曾经看见的好多花
从含苞待放
到盛情绽放
再到孤独凋零

我知道，终究知道
我也会像花儿一样
走过自己的灿烂时光
花期过了
就过了
可我喜欢在静谧的早晨
在一个没有尘埃　没有牵挂
也没有挽歌
更不需要鲜花缠绕的早晨
静静地等待，静静地等待
无声地凋落

我想我应该掉在树根
躺在泥土上
腐烂，然后渗入泥土
像所有的树叶一样
几场冬雨之后
化作春泥
滋养下一个春芽儿

我给未来写了两封信

我给未来写了两封信
一封写给未来的知己
收信地址是内详
一封写给未来的自己
却又不知从何说起

当时我还是懵懂的少年
就像玉米地里孤独的高粱
多年以来我沉默寡言
苦辣酸甜道不尽
如果时光可以倒流
我愿以半生的光阴去交换
但送信的人早已走远

如今我返回家乡
沐着当年的月光
那封被送走的信

给了远方的新娘
写给自己的那一封
回到陇而屯
飘零在风中

思　念

今夜
我要关上铁门
关上房门
关上窗
把黑夜拒之门外
然后闭上心扉
一个人静静地待在自己的心房里面
好好回忆我们相遇的场景

我要把这些场景
用不锈钢裱起来
深深地镶在墙上
只有这样
即使走在拥挤的人群中间
只要还有心跳
我还能好好地注视着你

走过的路有你经过的风

这是静止的
除了时间和头上的发丝
树木像绅士
不跟我争辩
树叶像公主的百褶裙
不断地跟我问好
我走过的路有你经过的风
炊烟也是
母亲的味道也是
我在路上
等一个遥不可及的消息

那一场温柔的雨

夜色朦胧
树在默然
在井旁静默
是一棵老树
用身体缠绕着井
井是他今生唯一的女人
井已经干涸
风干的脸上爬满沧桑的记忆

是回城的脚步声
凌乱在井旁
紧紧地拥抱
摇曳是树的告别
井是深邃的
能听到虫子的诉说
村口的灯火
在被夜吞并

树的一个热吻
井不出声
在树的怀里颤抖

村越来越远
城市越来越近
拿走一些泥土吧
种子留下
说不定十年之后
种子长成大树
记忆是一把刀
埋在心底像一首情歌
泣不成声的
是一张熟悉而又陌生的脸庞

种子播下的时候
一场雨捶打着草垛

就在温柔的井旁
树在跳舞，或在抽泣
发芽的声音像婴儿的啼哭声
痛苦和快乐并存
时间在农村和城市之间轮回
树老了
井枯了

只是那一场温柔的雨，不断被记起
又被人忘记

天边的雨

天边的雨
经常在午后淋湿我的双眼
多少年来
我以时间煮雨
天边的雨到了海边
冷，煮不熟
所以我们都热不起来
如果有　也就是那么一刹那
我们形同陌路
只不过朝着对方微微一笑而已

天边的雨绕过云层
直接在我的日记本里倾盆而下
多少个午夜
我听着窗外的雨呜咽
孤灯陪我度过这漫长
漫长的梦境

我们秉烛沐雨
潺潺流水是昨夜我们喝不动的酒
拜不了的天地

我们沉默不语
不是因为无话可讲
而是我们彼此
说得再多
都像是自言自语

只有风知道

只有风知道
白昼与黑夜的翅膀飞得有多高
只有风知道
我从什么时候开始
走在金色的光辉里
就像黄金海岸
一粒有棱有角的沙

我不敢大声说话
不敢大声地跟大海和天空
以及这个金黄的季节表白
我不敢把所有的美好据为己有
因为只有风知道
有或者没有
都将通过浪花的高度来表达
如果浪花将我据为己有
那就让它拥有吧

因为只有风知道
那一刻我便拥有了整个大海

我不敢大声地说出
你盘踞在我心里的具体位置
不敢透露你在唱什么歌
流什么样的眼泪
很多年了
我已习惯于独处
习惯于把对人间的热爱
悄悄藏起来
因为只有风知道
这些年遗失的红豆和木棉花
以及下西洋的船队
在我的梦呓里出现过

只有风知道

我隐藏了多少秘密

尽管有一些已经被泪水供认

但这些只不过是万里长堤的一粒沙

我所藏不住的只是那一朵朵美丽的祥云

因为只有风知道

我所拥有的云彩

没有任何一朵

曾经辜负过任何一个春天

另一个自己

我不是大山的儿子
不要把那么重的思念放在我身上
我只是在终会将我埋没的土地上
一条一条数着额头上的深谷

我踏着青石板披荆斩棘
没有笔直的道路可以奔跑
我要在抵达山顶的那一刻
把天空擦亮

流言蜚语笼罩整座森林
翻山越岭走不出每一个包围圈
歌声里的音符挂在悬崖峭壁
我的柴刀砍在石头里

没有理由在路上睡去
更没有机会在爱人怀里死去

我要在风干之前
淋一场山巅的雨

没有任何遗言可以留下
山峦是我唯一的财产
我不是大山的儿子
不要把那么重的思念放在我的身上
我将被大山深埋
所以把砍好的柴火捆好
抽完烟扛到街市换取粮食和酒
以及拼音文字

我知道今晚又要孤独地晒月亮
待人们都进入梦乡
只有酒才有资格陪我
数清楚天上的星星

一去不返的情话
和海枯石烂的誓言
已经烂在远方
我抵达不了的远方

远方看不见贴满墙壁的奖状
我把它们当作给予自己的奖赏
假装坚强
目送孩子上学堂

不要流泪，孩子
你的名字将写在街市的光荣榜
我能给你的全部
仅仅是饿不死的干粮

午后的阳光

你怎么可以
未经我的允许
就懒懒地躺在我的沙发上
你怎么可以
在火热的夏天
趁关闸限电
占据我仅有的空间

还好，你没有像她一样
在我看她第二眼之前
就已经摄取我的所有
包括灵魂

走　吧

忘却那些疼痛的波澜
它们曾经淹没你
淹没得越深
你的伤口就越是被撑开
你连咧嘴一笑的勇气都没有

一朵乌云一直笼罩着南方的海滨
你想要挣脱的所有念想
都紧紧地拴在高耸的桅杆
它们随云飘荡
在海的眼泪里度过余生
余生，你啜饮辽阔的海水
沙滩离你越来越遥远

你离岸远去
没有一声告白
一朵乌云笼罩在你的头顶

在海的最深处
你听到来自天空的呼唤
纷纷跌入大海
在海面溅起浪花
继而沉入海底
你那燃烧着的支离破碎的记忆
或化为岩浆静待喷发
或变成沙粒死守海域

走吧
沿着海岸线播下种子
把余生的色彩
涂满海燕掠过的每一条弧线

一只无名的蝙蝠

一只无名的蝙蝠
无声地潜进她的房间
忽而藏在窗帘后面
忽而扑腾在她的面前
我举着晾衣竿
在她的顾盼里追赶
无名的蝙蝠
跟我捉迷藏
在一个宁静的夜晚
在她的内心掀起波澜

那是多年以前
在夜里飞翔的蝙蝠
飞在她的房间
后来飞进她的心房
飞进无声的岁月里

我试着遗忘
我已经遗忘
可谁又曾想到
它早已潜进我的心底
在每一个宁静的夜里
借着月光
扑腾地拍打着我那一堵生锈的墙

旧日的足迹

怀念之烛

昙　花

母亲在阳台伸出的铁架上
种了一株昙花
每天早上我还没起床
她就已经舀水浇花了
多年来，昙花每次都开好几朵
在夜里特别灿烂

每次花开
母亲都把花朵从花茎处剪下来
整齐地排在簸箕里
晒干藏好
母亲说，上火的时候泡水喝
过一夜就消了

日复一日
生活还在继续

昨天周末
我在晾晒衣服的时候
看见七八朵枯萎的昙花
在茎叶上不停地摇曳
我的眼角瞬间湿润
绽放的昙花
在最美丽的时候
只有母亲才能看到
我们有意无意地
都错过了

黑夜里的一点光

母亲走的时候
是夜里的一两点
她在还清醒的时候
重复地嘱咐
叶落了要归根

那天夜里
我们载着母亲远离城市的街道
冷冷清清的街道被母亲远远地甩在后头
我们都屏住呼吸
静静聆听自己泪流的声音
母亲的手还很温暖
只是那颗跳动的心
在慢慢地
变得平静

母亲一生孱弱
却用瘦弱的躯体带来无数次柳暗花明
而今夜
她要告别城市的道路
告别她来不及享受的都市繁华
狠狠地
把自己埋没在漆黑的夜里

我们的车很快没入了黑夜
像一片孤零零的落叶
在漆黑的海洋里漂泊
我们不知道什么时候可以靠岸
只知道母亲很快就可以踏上熟悉的石板路
哼着青春的歌曲又做一回美丽的女子
而我们的呼喊声
只会离她越来越遥远

终于回到了村口
不远处，老房子亮着灯
黑夜里的一点光
照着整座村庄
母亲像当年出嫁时的样子
重新住进了她宁静的草屋
那里有温暖的新床

而我们趁着黑夜里那点光
看见母亲还未干透的泪痕
她在默默注视着我们

父　亲

很遗憾，我们不是兄弟
所以我不能像兄弟一样对你

我们没有很多话要说
就算喝醉了
很多话到了嘴边
就被烈酒塞了回去
所以宁愿自己一个人喝酒
然后自己跟自己聊天

在我的记忆中
我们所说的话加在一起
也没有自己跟朋友喝一回酒下来
所说的不着边际的话那么多

我曾幻想你像众多的父亲一样
牵着孩提时的我的小手走在街上

我像其他孩子一样那么普通而平凡
我甚至不知道你的胸膛有多宽广
更不用说感受到它的温暖

我们像陌生人一样
我们都脱不了干系
就像那一次我在大堂切猪草
割伤了手指
本以为偷偷放进口袋就不会受到你的惩罚
最终你的一巴掌把我打得晕头转向
还没回过神来，你就把我的手指包扎好了
你淡淡地说：“你想让血流到什么时候？”

也不知道你是否还记得
我们曾经沐着月光走在山路上
你那天对我说的话是目前为止最多的一次
尽管家与学校的距离很远

但我觉得那一夜我们距离最近
从来没有那么近过
我甚至以为照在我身上的是冬天里的阳光
真希望那一夜的月光
能照亮今晚的天空

今晚，我的天空没有光
没有你
没有那个跟你走在山路上的少年
我在努力想象到底怎样做
才能像普通平凡的孩子一样对待自己的父亲
尽管现在我能给你的是吃穿不愁
但你真的会像所有的父亲一样
思念着自己的孩子吗

你只会坚守在老屋
生怕老屋没了

孩子找不到家的方向
你只会逢人必说
阿健上大学了
放假就会回来了

但你的这个阿健
也成了别人的父亲
每次回家都会准备华丽的台词
想象会像书上说的一样
有抱头痛哭的场景
但结局却是相对无言
你每一次的开场白都是
饿了吗？给你做饭去
然后那些准备好的情节
变得一文不值
然后草草收场

真的

如果真的有来世

如果来世我们必须在一起

我只想做你的兄弟

这样我就可以跟你砍柴喝酒

一起侃天侃地

一起吟诗作对

一起约定来生

还要做兄弟

妈，爸爸呢

由于疫情的原因
已经快三年没有回家了
春节、清明、三月三、九月九
我都待在城里重复着两点一线
默默坚守着日渐增多的胡茬
和日渐稀少的黑发

今年五一劳动节那天
带着小孩回到家乡
小孩兴奋得像只被放飞的小鸟
从村头飞到村尾
又从村尾飞到家里头

家宁静得像一片夜
凝固在空气里
我满屋子寻找父亲
最后推开母亲的卧室

情不自禁地问：“妈，爸爸呢？”
我瞬间崩溃在自己的泪水里
母亲早已走远
但挂在墙上的黑白照片
一直对着我笑
而我却一直在哭

昨晚我又梦见你了

昨晚我又梦见你了
梦见你不食人间烟火
梦见多年以后
我跟你一样
不食人间烟火

我想我是大地上的一粒尘埃
而你是露珠
摇曳在叶间
暮色中你把我孕育
黎明时刻将我分娩

我曾经在你的指间萦绕
透着阳光
温暖柔美是你给予世间的美好
而我却回到一粒尘埃
书写美丽的诗行

昨晚我又梦见你了
又梦见暮色沉沉
晚霞垂暮
秋天来临
我又梦见你在雾霭里飘摇
而我只能站在柔软的土地上
感觉离地三尺的温度
秋霜降临
我有多冷
你感觉得到
你有多冷
我感觉不到

我离你很近
又相距甚远
你笑脸依然
而我浊泪潸潸

疤　痕

秋天之后
寒冬便沿着崎岖的山路
包围整座村庄
在村庄沦陷之前
山里的人们无一例外地
翻出棉袄，抵御冰冷的军团
和剑上刺骨的风
那些密密麻麻的补丁
在冬日里像无数只眼睛
一点点淹没在田野里

年轻、美丽、忧郁的村妇
顶着冬日的蒙蒙细雨
在沿着冬季入侵的山路
一步一步小心翼翼
踩着光滑的石板踽踽独行
她生怕自己好不容易焐热的怀抱

被风给吹冷了
她加快脚步
心里洋溢的后街春光
被嗷嗷待哺的小精灵
全部占据

到了到了
她朝家里飞奔而去
小精灵朝她飞奔而来
村庄里的寒意纷纷退却
温暖徐徐吹来
可准备好的怀抱
空了
小精灵踩空了
头着地，额头靠近眉毛的方寸之地
狠狠划出了一道弯
像第三只眼
在瞪着遥远的天空

四十年后

那道弯长成了月牙

像一弯镶在天空的疤痕

人们都说这道疤痕

总在死盯着自己

而你却说

盯着的，只是你心底的那道更大的疤痕

跟母亲擦得一样洁白

南风湿润着南方的空气
也湿润着南方人的心
更在洁白的墙壁上留下恼人的霉斑

腊月二十六
打扫房屋比小年晚了两天
绝对不能让斑点留在墙壁上

湿毛巾在墙壁上使劲摩擦
那些洁白的颜色渐渐还原
像雨后的天空纯净尽显

在这个寒冷的冬天汗流浃背
面对回到人间的这堵墙
我泪流满面

不知道当年母亲如何以一身的孱弱
在墙壁上来回擦洗
让我们在不知不觉中迎来明亮的春天

今天母亲不在人间
看不见我擦过的这堵墙
跟她擦的一样洁白

母亲节

我曾经问过母亲
您知道母亲节吗
她说哪天晚上你不醉醺醺地回来
就是母亲节

如今我努力保持清醒
回到家
母亲节还在
可母亲和她的唠叨却已走远

致父亲

他还没有把歌唱出来
天就黑了
那是他自己谱曲作词的歌
他寄给了电台
他每一天准时收听《新歌速递》
他曾经收到原创歌曲录用通知书
也收到过绿色的邮政汇款单
他就这样给自己孤独的世界带来春天
他给孩子带来甜甜的软糖
和精美的笔记本
他与孩子们共同的欢乐
就是把春节过得像别家的样子

他今天到达山顶
跟救护车一起看见黄昏垂下眼帘
已经没有再睁开的迹象
从村里到达县人民医院

还有一段很长的距离
从南宁到县人民医院
也有很长的一段距离
这两段距离复加
是漫长的回忆和即将降临的泪雨
撑住，我们都知道为什么

但死神的速度
比时速一百二十公里
快了很多很多
来不及对上一眼
他就飘然而去

星星开始由远而近
像梦中的那样铺满了整个天空
他已经没有返程
他们无尽的思念和伤悲

全都挂在星星的触角
他把星星全部点亮
孩子的道路灯火通明
孩子或将吟唱他谱写的歌
或已经忘记从何唱起
也许他早已将所有的音符封存
将所有的曲调倾付给
山川河流及那宁静的夜

待到星河璀璨
那些他写过的歌
在漫长的夜里
动听悠扬

沉默的父亲

父亲把悲悯和那些艰苦岁月
全都按进肚子里
他大多数时候沉默寡言
但只要家人团聚
他都会笑逐颜开
直到 2022 年 5 月 18 日
我们打包所有关于他的东西
连他一起烧成粉末
我们才知道
我们失去的
不仅仅是沉默的父亲

守望的外婆

他们都说外婆是最疼我的
每一次听说我要回来
她一早就到巷口守望
每一次都是她牵着我的手
进家门或者依依道别
我跟她讲城里的故事
她跟我说乡村的变迁
她九十七岁走的时候没守候到我
我体味得到她那种忧伤和一成不变的信仰
现在她换了一个地方
等一座繁华的都市，等一个人衣锦还乡

母亲的手

闪闪发光的都是昨夜
我回家路上一路捡回来的星星
它们照亮着母亲的遗像
也点缀着母亲的梦乡
当我醒来
它们又都被黎明带走
我那母亲给予的手
又将拎着思念和希望的种子
一整天
在阳光中奔走

怀念马老师

白驹过隙
万马奔腾
是他自我介绍时使用的词
所以我们印象都很深刻
马德驹，刻在五十多个少年心里的名字
一直以来跟风随雨知寒知暖

他是我们初中的政治老师
也是我们的班主任
还是学校的校长
他的女儿是我们的班花
她也叫他马老师
没见她叫过爸爸
尽管我们五十多个孩子
都想叫他爸爸
他说过，一日为师，终身为父

我饥肠辘辘的时候总会恰好被他发现
然后他把我带到他家里
给我盛满玉米粥
还有他自己腌制的榨菜
有时候会恰好有两个煎蛋
恰好夹到我的碗里
然后他的女儿在边上
恰好把头埋在碗里面

那年我第一次用化名在《作文周刊》发表处女作
他在讲台上把《作文周刊》杂志高高扬起
同学们
我们学校出了件新鲜事
有同学发表文章了
史无前例
史无前例
我希望这位同学站起来

接受大家的鼓掌
我把头埋得很低
发现自己的脚趾又从鞋尖钻了出来
掌声雷动
我却觉得世界无比宁静
宁静得就像那篇文章的题目
今夜的思索

白驹过隙
万马奔腾
三十年弹指一挥间
当年的少年各奔前程
但只要回到家乡
我必定见到马老师
也必定见到他落落大方的女儿

马老师走完人生最后一程的时候
我出差在江城
江月千里
只能在黄鹤楼遥寄泪花
他女儿在电话里说
马老师最后的遗言
是今夜的思索

旧日的足迹

大山之内

想着自己回到家乡

在键盘上敲出的每一个文字
都代表着一滴水
这些水注入邕江
就像回到了家乡

江面扑来“嗨哟”“嗨哟”“嗨哟”的呐喊
江岸远望
龙舟满载花山画语
奔向千年以前的故乡

风中飘着艾草的清香
母亲在家乡的屋檐悬挂旧日的念想
我在邕江之畔
重复着她的期盼

沿着旧城墙
我流连于三街两巷

似火骄阳
我等不到丁香般惆怅的姑娘

我远离喧嚣
想着自己回到家乡
回到那一片寂静的乡野
而此刻
千万只竞发的龙舟正朝我驶来

大山之内

从出生那一天起
我们就被大山环绕
无论风雨雷电
都活在大山的怀抱里

我背着书包
赤着双脚
踩着石板路
将自己镌刻在晨雾里
几座大山之外
校园依然沉睡
我只不过是叫醒校园的第一个小孩
“少壮不努力，老大徒伤悲。”
“离离原上草，一岁一枯荣。”

除了语文课本和数学课本
我的背包里还放着作业本

我经常收集农民遗失的一些大豆
树林里的蝉鸣鸟叫
父亲挥刀砍柴的声音响彻山谷
有时候翻开背包
村庄里的鸡鸣犬吠
炊烟袅袅和流言蜚语
躲在语文课本的扉页

父亲爬上山顶
我爬上父亲的肩膀
父亲说现在我们离天空最近
如果你想跟它交流
必须用诗句
必须把诗人的明天全部托付
我不是诗人
我只是坐在诗人的肩膀上
看着七彩祥云慢慢飘过

几十年了
我一直寻找那些遗失在春秋战国的章节
那些从阿房宫的屋檐洒下的句点
曾经滴在父亲的酒杯里
当时父亲喝了三天三夜
醉了三天三夜
山里电闪雷鸣，大雨倾盆
三天三夜
我靠着父亲的胸膛
做着同一个梦
洪水淹没了庄稼
淹没了村庄
淹没了帷幔之内
父亲唯一津津乐道的那一场风花雪月

山之外有青山
楼之外无明月

父亲说这句话的时候
我刚好斟满酒
父亲一饮而尽
看着我，看着酒杯
点了点头，摇了摇头
然后，我第一次看见父亲泪流满面
当时，屋外大雨瓢泼
当时，大山浑身湿透

茅　草

割伤母亲的茅草
长在深山
借风舞蹈
露珠晶莹剔透
散布在叶的表面
像星星散落在一条绿色的河流

阳光开始晃眼
晃晃悠悠
摇曳在一片片茅草中间
母亲手握镰刀
伸进迷蒙晨雾
茅草一排排倒下
像一队队士兵
整整齐齐地接受母亲检阅
那是一个平凡的日子
平凡的日子散发着草香

像母亲身上散发的那股淡淡的气息
草香带有血腥味
茅草在母亲的手臂上
以优雅的姿势划出一道光
红彤彤的朝阳
从远山冉冉升起

而今茅草长在地平线上
地平线以下
安详的、不再流动的血
母亲与大地都沉默不语
残阳已没入远山
我向扑面而来的夜借来泪水
洒在空谷
母亲
当年茅草割伤你的痛
寄居在我的心口

每一次打开心门
茅草疯长
草叶锋利
晶莹剔透的露珠
有血腥的味道
当年茅草在你手臂上划开的伤
在我小小的心头
在密密麻麻的茅草中间
带着你的气息
慢慢醒了过来

茅草屋

可以遮风
可以挡雨
可以凭一己之力
抵挡从天而降的冰寒

母亲用双手搭建起来的茅草屋
无一例外地收藏了我们童年时
洒落田野的所有快乐与忧伤
以及饥肠辘辘的烦恼

那年夏天
阳光像一把利剑
刺穿了茅草屋
千里之外热烈的光
从裂开的伤口倾泻
那年冬天
寒风被拒之门外

它绕着茅草屋恸哭

呜呜呜呜

它哭瞎了璀璨星辰

母亲拍拍我的后背哼着摇篮曲

就这样

我彻底睡去

在她的歌声里

茅草堆

辛勤的劳动者
小心翼翼地把茅草从深山请来
在每一捆茅草上面做好标记
小部分盖茅草屋
大部分切碎
堆在一起
发酵成劳动工分

茅草堆在田野
草香弥漫
来年将会变成养料
在千千万万的庄稼中
培育出寥寥无几的工分

那年我四处寻找母亲
围着茅草堆哭喊着
奔跑着　祈祷着

茅草堆不断繁衍
翻飞
漫天飞舞
把天空填满

我一直寻找
直到两鬓含霜
母亲的坟头长出了茅草
我伤心不已
我终究还是
在茅草包围圈
找丢了母亲

茅草根

很多人都不知道
茅草根与甘蔗
是失散多年的母子
它们一直相互寻找
一个潜入地下
一个长出地上
朝着相反的方向

母亲说
茅草根与甘蔗
咬在嘴里
都是甜的
你们兄弟姐妹
装在心里
也是甜的
今生来世
我在尘土之下
慢慢品尝你们的味道

茅草的品质

从生至死
大部分的时光
都以翠绿的颜色对青山致意
即使燃烧殆尽
来年借一点春风
王者归来
本色未减

母亲说
如果我是一株茅草
就应该有茅草的品质
一年四季无论冷暖
都要活成茅草的样子
不惧风雨
无论死生

就算她长眠在茅草之下
也要时刻看着长河落日
我依然不屈不挠的样子

月光落在我的手掌心

在故乡
我伸出手
月光就落在我的手掌心
像沙子从我的指缝间撒了下去
在地上画了另一只手掌
一只硕大却看不见掌纹的手掌
看不见掌纹，所以就无法占卜
未来的日子到底会有多少河流
流经我思念的夜里
更不可能知道
会有多少鱼儿偷偷潜入我的诗里
最准确的判断
是未来的日子
定是流经昨日的河流
而逝去的日子
已在不知不觉中爬上眼角
额头以及发梢
在我仰望星空的时候恣意疯长

那些逝去的日子啊
在人们的笑谈中被我煮过
尽管没有那么的美味
但经过我的生焖
慢炖
却也能满足我的胃

就这样
逝去的日子
被月光洗白
在我的手掌心
故乡的味道被记起
城市的街道被遗忘
我就在故乡与城市之间
背着日子穿行
而月光不仅落在我的手掌心
还把村庄和城市间的道路照亮

那些铺满夜空的梦想
让我背负的日子
在崎岖的山路上
折射着麦尖的光芒

烟　花

她在看人们放烟花
她看着三五成群的孩子围成圆圈
她看见一朵朵火花在天空中绽放
她看见一朵朵火花如昙花一现
她看见躲在角落里的女孩眼里噙满泪花
她把头靠在他怀里静静地看着人间烟火循环往复
她说她怕那些刺耳的尖叫，怕那些“窜天飞猴”
她说：“我们回家，我们不要看烟花。”
她像一只受到惊吓的玉兔浑身颤栗
她搂着他的脖子让他喘不过气来
她枕着他的肩膀无声地入梦
她把烟花埋在梦里
她把梦做在烟花里
她把前世今生全都打湿在他的眼眶里
她把三岁时的新年过成烟花绽放的样子

被月光淘洗的石头

记不清
那块被丢弃在山间的石头
被月光淘洗了多少次
就像人们淘米
也不会记住淘洗的次数
更不会在意洗了多少米
洗完放锅里煮就是了

而那块石头不能煮
因为怎么煮它也不会熟
更不可能成为餐桌上的美食
它只能被月光淘洗
只能被山里的少年用藤条拴住
拉着在操场的四周绕圈
它不知道这样做有什么意义
只要少年愿意
它就乐意

就这样
那块石头不断地被月光淘洗
也被少年带着不停地绕圈
直到有一天通往城市的道路通了
少年被开往城市的班车接走
那块被月光反复淘洗的石头
才在老房子里安度晚年
寂寞的时候
偷偷瞄一眼村口的苦楝树
树上的花
开得正好

一只鸟飞过天空

一只鸟飞过天空
从早到晚
不停地拍打着翅膀
它看见北方的麦田
像金色的海洋
它看见金色的河流
从天上奔来
朝大海奔去

一只鸟飞过天空
从早到晚
不停地拍打着翅膀
它看见南方的稻浪
化作金色的海洋
它看见生命的河流
从大禹的故乡出发
流向海洋

一只鸟飞过天空
从早到晚
不停地拍打着翅膀
它看见北回归线
像红丝带在飘扬
它看见江南的女子
靠着窗
正梳妆

一只鸟飞过天空
从早到晚
不停地拍打着翅膀
它看见干栏房
变成了婚房
它看见壮家的汉子
把故乡写进盛唐

一只鸟飞过天空
从早到晚
不停地拍打着翅膀
它看见自己在别人的画里
像王谢堂前的燕子
它看见自己生前的梦想
打磨石板路
默默守家乡

陇而屯

她别无选择地成为我的家乡
我亦别无选择
和她一起承受时间之重
流星从夜空中
纷至沓来

多年以来
她与大石山相依为命
默默忍受着分娩、闪电和暴风之痛
也默默享受着月色的阴柔之美
在陇而屯
每一块石头坚硬的表面下
都隐藏着一颗柔软的心
它们做梦都想爬上树梢
做梦都想
像鸟儿一样振翮飞翔

作为一块石头，我不断奔跑
不断向外界传递村落花团锦簇的消息
就在通往山外的石板路上
我再次被风扬起
像蒲公英散落在城市的无名角落
多年以后
还是石头的模样

陇而屯的游子

她把群山按次序摆放
属于陇而屯的
都要注入自己的处世哲学
她把苦难和富足均分
远在他乡的游子
都能获取一份

唯一不能均分的
是她用陇而屯的阳光雨露
和青山绿水缝制的衣裳
此刻正披在游子的身上
每逢佳节
皎洁的月光就从这件衣裳
倾泻下来
照亮遥远的家乡

寒　门

与贫困相关
但并非全部
陇而屯寒门密布
引来萤火和星光

那是五十年以前
干旱摧毁陇而屯的食粮
贫弱的陇而屯
摇曳在山谷之间

寒门默默守在不同的角落
把阳光分发给每一个孩子
我在其中的一个寒门里
把童年所有的欢乐按进崭新的课本

寒门学子
在陇而屯的池塘边煮字疗饥

父母嘱咐过　唯有跃出寒门
才能抵达诗和远方的田野
他们把学校颁给我的奖状
全都糊在透风的墙上
寒门不是我的宿命
更不是陇而屯的宿命
我在点点翠绿的群山
用脚步丈量着石板路
用眼睛紧盯玉米地
用铅笔描着飞翔的梦想
有一天寒门必将被重新命名

而今寒门已经成为记忆
常常活在我的日记里
偶尔也会躲进某首诗
诵读陇而屯小康的消息

陇而教学点

在一片废墟上停下脚步
停在五十年前陇而教学点屋顶的
那些早已远去的读书声
今晚被我带回这里
蘸着当年的阳光
重新换上童年的衣装

我用五十年的时间铭记
这个令我破茧成蝶的地方
就算早已夷为平地
也止不住旧电影一次次重演
我就在这里
第一次用铅笔在白纸上
歪歪扭扭地描下自己的姓氏
多年以来从未忘记
用母语一遍又一遍
把它刻在心底

当我停顿下来
一只小鸟从屋顶飞过露台
阳光正好从瓦片的间隙倾泻下来
教室里一下子就有了光
我就这样第一次
从老师夹杂浓厚乡音的普通话里
领到了奖赏
第一次感觉到有一双隐形的翅膀
正在我的体内向外生长

后来我在陇而教学点
学会了飞翔
再后来我发现自己飞得再远
也飞不出陇而屯的袅袅炊烟
飞不出记忆的墙上
老师用粉笔标注的陇而教学点

春　种

每年过了春节
烟花爆竹燃烧的味道
和舌尖的味蕾
还在膨胀的时候
你就别着镰刀
扛着锄头
带着我们往山里去了

在自家的山地
你熟练地找到被石头占据的缝隙里
潮湿的泥土
挖出一个个小坑
撒下玉米种子
放一手农家肥
培好土

我们说等夏天到了
会长出很多玉米棒子
肚子就不饿了
你说秋天都准备来了
春天还会远吗

种玉米

能在石缝里生长本非易事
何况灵魂也从石缝中探出头来
我先在石缝中找出有泥土的地方
再挖出一个小坑
一个可以让种子在贫瘠的子宫里受孕、发芽
并在某一个清晨分娩的小坑
后来这里长出玉米
或者长出一个猎人可以狩猎
或者长出一个秋天可以收获

我知道这仅仅是我自私的想法
万一烈日或暗物质加以阻止
万一它还没长成就已经夭折
万一它没等到开花就已经渴死
万一它被我扔掉或者私藏
它将被这个世界遗忘

母亲没有遗忘
她把我这粒玉米种子放进坑里
加入一层厚厚的农家肥
再将泥土填平
“这一处将长出最好的玉米。”
母亲对我说这话的时候
太阳复出
把整个陇而屯
埋在阳光里

乡间小路

我很小的时候
它很宽
我长大之后
它变窄了
小到我都找不到儿时的伙伴
找不到书包、陀螺和放牛的草绳
就连我摔倒过的地方
都已经被时光无情地清洗

而在小路之上
时光洗不掉的半山腰
在一个月圆的晚上哭泣
又像唱着哀歌
祭奠那些逝去的彩虹或魂灵
酒洒在黄土上
胃却还在收缩
是谁在那么遥远的地方
将情话埋在土里
埋在沉沉的山上

顺着小路
脚步越来越远
远到朝阳照在脸上
艾草的清香
已经扑面而来

其实我只想有一天
能牵着你的手
重温一下儿时的步伐
走在乡间小路上
有夕阳　有和风　有炊烟袅袅
有犬吠　有虫鸣　有呓语呢喃
然后我们就坐在路边
数数越来越近的繁星
将你数成最耀眼的星星

石　头

比石头硬的是钢铁
或者钻石
比钻石硬的是缩在厅堂角落的那颗心
那颗心硬而且冷
它害怕光
害怕心门之外任何光
它害怕触碰
害怕触碰任何与酒无关的事物

哀莫大于心死
石头也不例外
自从美丽的阿妹从谐里河边走失
阳光再也照耀不到厅堂边上
那被酒浸透的躯体和灵魂
厅堂中间的火盆里
火一直在烧

火可以熔炼钢铁
也可以将石头炼成洁白的灰
所以你义无反顾
用自己仅有的热
烘烤这一隅冰冷
你唤醒过春天
在群山之巅
你曾呼风唤雨
繁花盛开的季节
你曾在厅堂中间像炉火
要么融化心灵
要么燃尽自我

你接过了火种
注定要从事燃烧的事业
你把身上所有的温度点燃
你的镜片下面炯炯有神的双眼

期待心门之外那一片夜也被照亮
期待那一颗走丢的心
重新在谐里河面上跳动着美丽的曲线
王者归来
不过如此

石头哭了
在柔软的土地上渗出泪水
那个阳光明媚的晌午
那个顶天立地的汉子
泪流满面
山上千万块石头抱头痛哭
而你却会心地笑
让山上的每一棵草，每一棵树
都手舞足蹈
从此石头不再是石头
它的纹路里流淌着谐里河的粼粼波光

和你输入的热血
在你的灼烧下
它没有化成灰
它活成了阳光期待的样子
它在人生的道路上
带着粽叶和美酒
又翻开崭新的一页

绳　子

登顶需要绳子
一端拴住峰顶的风光
一端牵着谐里河的清水
中间绑着千千万万个云雾缭绕的早晨

千万座山
伫立在千千万万个贫困户的心里
要么沉重如铁
要么风光旖旎
而你以自己的秀美解开千年穷困的结
一个一个
一节一节
当绳子把沮丧的黑夜引向欢腾的黎明
万物复苏
贝侬①啊，你蒸好的那一锅美酒

① 壮语，意为“兄弟姐妹”。

是否已盛开如花
贝依啊
连同那一束野菜花
一饮而尽吧

所有的文字都已经集结完毕
它们默默地在那里抽泣
两万五千里
有着相同的承诺
走着不同的草地和山路
不同的草地和山路上
没有一个文字倒下
所有的艰难困苦
没有一个词语
可以完整地表达
它们藏在绳子里

跟着你流血流泪流汗
跟你在不同的高度
演绎着河山的秀美和壮丽

登顶的绳子
一端拴住复兴路
一端牵着贫困户
中间系着千万个乡村的安宁
连着青山之外数百个城市的黎明
贝侬啊
你可曾看见
千万朵雪莲
在乡村的每一个角落
在城市的每一条街道
绽放如你
冰清玉洁

谐里河

每一滴都经历了大地的磨炼
每一滴都接受过鸟鸣、落叶和稻田的洗礼
汇成谐里河的每一滴
都是百坭村父老流下的一行行热泪

蜿蜒的谐里河
把自己深深嵌入土地最软的肌肤
或岩石最硬的骨骼
成为一根经络
尽管很小
也深知爱和坚守
要以柔软的方式去表达
看河面上的星星点点
哪一个不是你前世深情的回眸

风是长着翅膀的鹰
把百坭村的雄姿投在河面

百垠村长了翅膀
与千万只雄鹰在万里长空翱翔
那是谐里河的倒影
千万条鱼在长空飞翔
断桥　残壁　空竹
那一筐筐在河里涤净的地薯
你和我
在浮桥两端
四目相对

走过橘园
那一片野花
一直在谐里河边盛放
你和我的约定
在百垠村的雨夜
在百垠村纯净的泥土
生根　发芽　生长

直到枝繁叶茂
谐里河畔的百妮村
有我们出发时的青春年少
有阳光照耀河面的样子

木　棉

一发芽就朝天生长
你从不浪费一丝阳光和雨露
你有着与生俱来的挺拔基因
就算电闪雷鸣
也从不卑躬屈膝
那是长在南方的木棉树
耸入云霄
在浩瀚长空
苏武和羊群一路向北
甩开的皮鞭
是一座虹桥
苍穹之下
众生芸芸

春暖花开
你穿上红装
和霞光一起走在天街

蹚过天河
砍柴　牧马　饮酒　舞蹈
夜幕降临
人们点上街灯
与星河共醉

夏日炎炎
你着上戎装
像一位老兵守着边关
你站立着，与青山绿水相交融
你一直坚守着出发时立下的诺言

秋冬萧瑟
你悄悄卸妆
把凉意写尽
峥嵘岁月
随风飘落
大地一片金黄

那是长在南方的木棉

长在乐业县一个叫百坭的村子里

一群飞鸟掠过山谷

流水潺潺

木棉长成一座座立在百姓心里的丰碑

丰碑上刻着第一书记黄文秀的名字

浮　桥

分明是三根竹子
直挺挺地躺在那里
成了浮桥
脚朝南头朝北
像三个列兵在为谐里河站岗
为花鸟虫鱼坚守每一个黎明

哦，那不是竹子
那是泸定桥的三根铁索
顶着枪林弹雨在大渡河诵读真理之诗
三军过后跋涉到百垠村
用坚强的意志在这里安营扎寨
为了完成下一个长征
它们约定在谐里河面上躺下
脚朝南头朝北
马匹、羊群、牛犊走过

父老、儿童、阿妹走过
风雨、雷电、山洪走过

而今，作为浮桥
它们的伟大梦想
是等蜗居山间的贫困户
被第一书记一一唤醒
然后打包山顶的风光，深埋先祖的嘱托
沿着崎岖山路抵达谐里河
从自己身上一一走过
从农村走向城市

作为浮桥，它们的使命是
一边让生灵踩过自己的躯体
一边在谐里河上读诗
而今它们已完成使命
它们将腐朽

它们将融入谐里河水化作诗句
在山里山外
被人们传颂

旧日的足迹

复兴之路

第五层

我知道
这只是第五层
没有传说中那样的高度
但我已感觉到自己其实就是一片云
从天的那边过来
向天的另一边去

我可以坐在第五层的摇椅上
数落远处种下的高楼
也可以轻抚那些绿油油的坡地
以及坡地上那一簇簇树丛
和一只只飞过的鸟儿
眼里飘过的忧伤

我要蹚过那条小河
趁它还能欢快地呼吸
趁它还能唱歌

趁我还能举起双手
将这些流动的光影焊在记忆的壁垒
让那些鱼儿
在世界窒息的时候
还能保持嬉戏的姿势

蹚过小河
就可以踩上碧绿柔软的草皮
就可以在小草的娇羞中
采撷鲜花和那一个个舞动的倩影
干脆也把我采撷吧
连同我的爱情
以及飞过的流云和第五层的空气

现在我属于你了
只属于你
如果你正走在撒哈拉沙漠

如果还能想起我
我就是那片雨云，给你带来甘霖

如果你的生活充满美景
我就是白云，一朵擦亮天空
点缀蓝天的白云
这仅仅是第五层
此刻我正在第五层慢慢地醒过来

做一滴大藤峡的水

清澈　透明　柔软
纯净得一尘不染
也许从天上来
也许从山里来
也许从某一块石头的缝隙里姗姗而来
但不管来自哪里
都怀揣一滴水的座右铭
投入大藤峡的怀抱
汇成黔江的千层碧波
或映衬山峦
或放牧流云
或静待花开

作为一滴大藤峡的水
融入黔江
便是黔江最小的单位
背负的荣光

不是含云羞月
不是落日余晖
而是默默等候一个时刻
一个与无数水滴
朝着闸门的方向进发
朝着东方奔流的时刻

作为大藤峡的一滴水
只有与无数水滴抵达水利枢纽
背后的蓝天才会更加辽阔
生命之桥才会无限延伸
在涌入发电机组的那一刻
一滴水迸发出最大的力量

做一滴大藤峡的水
有方向
有力量

有一个奔流到海的远方

做一滴大藤峡的水

终有一日

会在某一个夜晚

照亮夜归的人

照亮某个角落

一首用于赞美的诗

龙华寺旁的树桩

沿着龙华寺左侧的石阶拾级而上
松涛阵阵
离几棵龙鳞松不远的地方
立着一截黝黑的树桩
树桩上鳞次栉比的树皮
如剑如戟刺向天空
我上前掰动那些树皮
纹丝不动
换一个位置使劲地掰
还是坚如磐石

当我极其困惑之际
龙华寺内传来诵经的声音
若有若无

告别南山寺

没有谁说得清，这里的哪只鸟
是属于这个世界的
我们很少思考自己来自哪里
也很少在意自己属于哪里
指引吧，趁落日余晖
祈祷吧，趁高香如柱
我们站在山腰一手顶天
双脚着地
做一个纯粹的人
顶天立地

我们就此告别吧
趁天色未晚
晚霞还在
谁在哭泣
如此明净的空气里
泪水是奢侈品

经书亦然
鸟儿诵经
御书碑林立
络绎不绝的不是香客
而是另外一个世界熙熙攘攘的人群
夜晚即将降临
我们不是篝火或天灯
无法照亮南山寺

我们离去
没有告别
我们返回的路上
天气开始变冷
我们极目远望
不知道路途还有多远

但夜色苍茫
我们走在天地之间
早已热泪盈眶

贵县[①]大南门

它对着郁江低语
千年未变
从这里经过
我所想到的是车水马龙的场景
还有人声鼎沸
走南闯北的商旅
把锦帛、陶瓷、茶叶
以及波斯湾的香料
淘进了大南门

过渡莫争船
挥手依依别
船队远去
商旅远去
晚霞远去

---

① 贵县，贵港市的旧称。

回首拾级而上

穿过大南门

从老街和高楼大厦间走过

在熙熙攘攘的人群里

寻找风采依然的你

掌纹砖

贵港大南门右侧
古城墙若隐若现
城墙之上有青砖
每一块砖上都有掌纹
就像一把锁
锁住那个朝代的烽火硝烟
和鸡鸣犬吠中的沧海桑田
沿着这条历史的脉络
我用手掌度量着砖上的掌纹
大小契合
就像一把钥匙
想要抵达锁芯
打开一扇尘封千年的城门

九月九的酒

农历九月初九
南方的秋天在不经意间
在我的肌肤上徘徊
我早已习惯于在炎热的午后
给自己淋一瓢儿冷水
我一下子清醒
秋天一下子注入我的血脉
冷
但不是冷血
我走在宽阔的民族大道
从一片泛黄的叶子开始
我们相恋
我们摒弃世俗的所有
在南宁市内最高的山
燃一炷香
告慰先贤烈士
再燃一炷香

告慰祖先
又燃一炷香
告慰我永远摆脱不了的魂灵

我带着我的长辈上山
我们的血脉里流淌着的除了花山上的纹路
还有明江吟唱着的歌
在悬崖峭壁上跳舞
我们从没有忘记从花山漂过的每一滴水
都是我的先辈流下的血
所有这些都微不足道
我们只要记住
两千多年前的血雨腥风
铸就的千年风华
在当前酒杯里
孕育着一个梦
你的

我的
大家的
不曾相识的五十六朵花
在世间的涛声里
悄然开放

今天
在这样特殊的日子里
我与王维擦肩而过
我在南宁的青秀山
他在唐诗里寻找茱萸
我对酒当歌
遍插茱萸少一人
说的不是他
而是我

而我不是山东的兄弟
我是从隆安走出来的山谷的风
吹到南宁最高的山
望不见故乡
望不见母亲
望不见人们误传的段子
我只好以酒为祭
一杯为你
一杯为母亲
一杯为天下苍生

丙申年九月初九

走在南方一个别称邕的城市
头顶烈日
努力将自己的身影拉长
路上的车流在抢走我的光阴
然后使劲扬起
一路刺眼的不仅仅是街口的电子屏
还有汽车的挡风玻璃
还有后视镜
还有那些令人掉泪的沙尘

登高
听说他们都去了青秀山
邕城最高的山
那里遍地花海
今天和花一起绽放的是那些布满沟壑的脸庞
据说他们都老了
都在烈日下紧紧盯住自己的灯芯

像紧紧握住一根稻草
那一根和蹉跎岁月捆绑在一起的稻草

茱萸上山就有了
菊花就长在脚下
就在我的影子下面
我的影子不断缩短
就像自己的灯芯
不管怎么奋力扯长
都改变不了不停萎缩的结局

我惊慌失措
想起赐予我生命的另外两根灯芯
一根在遥远的故乡
一根在陪伴着我
他们在燃烧着逝去的光环
燃烧着天上的白云

把白天燃烧成黄昏
然后熄灭在黑夜里

我要举起头顶的那片天
与所有的灯芯一起
燃烧
照亮今晚的夜空
哪怕只是一点点光

进　城

小时候
我们并不在意山高路远
为了进城
我们游走于群山之间
不厌其烦地丈量着
村庄与城市的距离
尽管我们早已知道它们之间
只不过是玉米地与油盐酱醋茶之间的距离
但比起我们之间的距离还要漫长很多很多
我们之间的距离
只不过是一瓢水、一杯酒和一把菜的距离
但是这些都很稀缺
在大石山区
我们除了拥有石头
还有食不果腹的日子
每到青黄不接的时候
只有书本上的文字让我们撑到了明天

大山可以做证
一群可爱的人风雨兼程
在大山深处最贫瘠的土地上
播下光和梦想
所到之处都留下赞美的诗
所遇之人
都赠予其种子、土壤、新鲜的空气
万里晴空和万丈光芒
山川作画

如今
通往城市的道路被唤醒
潜伏在箱底多年的
粮票、布票、肉票、鱼票和油票成群结队
跟豆腐票、副食本、工业券
一起被收藏在博物馆
它们依然活在父老乡亲的梦里

村庄与城市之间的距离
变成一串串阿拉伯数字
大山与城市的距离变成了通话时长

守　岁

她往火堆里添柴
火就更旺了
暖就更多了
满屋子的光
都来自火
不灭的火
都来自她那双不断添柴的手

她把刘海捋了捋
面若桃花
酒热好了
酒壶里面有姜有糖有数不尽的乡愁
他们又端起酒杯
相互之间
把天南地北再唠一遍
把酸甜苦辣再尝一遍
把家长里短再炒一遍
把那些醉人的心意再醒一遍

她像一朵花独放在绿叶中间
默默地烘着即将抵达的春季
默默地守着即将消逝的除夕
她在烟雾缭绕酒意渐浓的光里
把里里外外再想一遍
黎明就从门缝里挤了进来
爆竹声声
天就亮了

日子越来越丰满
去年来不及写的诗词歌赋
今年可以好好传唱了
去年搬到城里的兄弟
今年可以活出百年以前描绘的样子
到明年大年夜
我们把城市的繁华和乡村的宁静
摆成一桌

摆出矢志不渝和风雨兼程

摆出光辉的岁月和丰足的五谷

把这美好的年月

好好守下去

每只飞过原野的萤火虫都沉甸甸

月朗星稀
河岸灯火通明
流水淙淙
万里旷野夜深人静
千万只萤火虫由南向北
沿着孤独飞向诗和远方
涉水而来
逆水而上
每一只都载满星火
每一只都身心疲惫
每一只都毅然决然
每一只都无悔无怨
每一只都负重前行

很多时候它们会被遗忘
更多时候让人饱含泪水
所有被人触摸过的文字

都被它们先行咀嚼
先行品味
它们把每一个文字反复擦洗
它们交给你的每一个文字都洁净透亮
只是有时候你的双手未曾清洗
所以有些文字沾满尘埃
就像现在我打出的每一个文字
都失去了原有的透亮

最透亮的是摇曳的烛火
它们燃尽自己默默无语
我们都曾凭着烛光雕刻自己
都曾努力把自己雕刻成一根蜡烛
我们已经尽力
要么成为蜡烛
要么成为烛光下的夜行者
天亮以前将夜路走完

而我们终将迎着成千上万的萤火虫
它们飞过田野
它们载着的光，像田里的稻穗一样沉甸甸
它们负重前行
它们把没有蜡烛的地方照亮
它们是移动的烛火
缩短我们的夜路
所以我们很多时候并没有真正走过夜路
除非你的道路没有萤火虫

如今我把自己雕成一只萤火虫
背着沉甸甸的行囊
发着微不足道的光
飞过田野
飞过深不见底的河流
飞过所有的黑暗面
照亮别人
也照亮自己

壁画·家园

一声呼唤跌在江里
熙熙攘攘的部落
定格在古老的崖壁上
梦里，我们在一条船上
驶到壁上的部落
叩拜祖先，叩见
陌生而熟悉的脸
只有家园
才能倒映壁画的颜色
我们就站在家门口
看过往的行人
告诉每一位真诚的朋友
曾经的家园镶在崖壁上

银　滩

这是一个老人亘古的缄默
一首忽略休止符的歌
朝着宇宙的边际蔓延
是熊熊燃烧的地火
冲击平滑柔和的地面
为了一句深埋心底的诺言
编织了一个漫无边际的传说
挖出陈年烈酒
人们互相追逐
透过渔网，抚动沉睡的海滩
所有的心儿翘首遥望

建　筑

从安徒生的童话里走出
雕琢一个古希腊的梦
出征队伍的脚步声
从街巷中传来
耀眼的道路
撒满珍珠
卖贝壳的小女孩
手捧烈火
点燃即将扑飞的翅膀
透明的屋脊隆起
撑破天空
惊飞一段瘦骨嶙峋的故事

遗　产

爷爷弥留的时候告诉父亲：
“土地和猎枪是我唯一的财产，
你要传给自己的子孙。”
父亲将猎枪挂在墙上
拨弄那半亩遗产
他像爷爷过去那样除草，将地整平
然后播种希望
秋天来的时候收获笑声
父亲经常说
吃饭的时候要想起土地
看看墙上的猎枪，想想
爷爷是怎样做人和播种的
父亲上坟时告诉爷爷
关于稻花飘香的故事
孙子已经长大
他也要把你耕作的姿势
传给他的儿孙

回　归

熔岩急剧旋转啊
笃信青铜的人儿在仰望啊
复活的恐龙在穿行
那是梦里依稀的故乡
回归的日子彩霞满天
刻骨铭心的是别离的伤痕啊
回到母亲的怀抱享受温暖
欢庆的钟声传来
阳光铺满道路
路旁的稻麦舞动丰收的盛年
不再远离母亲的臂弯
母亲的脊梁

群光广场

夜神把天边最后一缕金光收进了左边口袋
从右边口袋掏出了月光和灯盏
把群光广场照亮
把匆匆赶路的行人照亮
把那些躲在阴暗角落里的虫鸣和窃窃私语
照得屏声静气
我那深埋心底的小秘密
也被照了出来
此刻我正在广场前面
踽踽独行
一个小哥一边咳嗽
一边在豆腐、鸡翅膀和牛肉丸上撒辣椒粉
整个广场冒着虚汗
地铁口打了一个喷嚏
一群人涌了出来
味蕾像气球一样，慢慢膨大
比广场还大的味蕾在不断地蔓延

不知道对岸的兄弟
能否闻到烟熏的味道
今晚，兄弟不来
广场的花不开
南飞的鸿雁不回
酒行歇业
月亮不圆
所有人
按时回家睡觉

华中师大的桂花

还没有好好准备
就跟你撞了个满怀
在离长江不远的地方
在南湖旁
撞上你美丽的衣裳
撞掉你的香囊
沁人心脾的香
弥漫桂元路
环山东路和博雅广场
我像一个做了错事的小孩
惊慌失措
时光停止
人声停止
车流停止
…………
你采撷一寸光阴
对我私语

谢谢你在这个秋天
与我相遇
每年秋天，我都安排一场相遇
与我相遇的人
我都会赠予月光、书本和一缕清风
与我相遇的诗人
将会得到许多
花瓣、露珠和梦想
前提是
必须将我带走

桂花山

你定是不告而别
从《陋室铭》走出来的那一座山
走得匆忙
错过了三山五岳的豪门盛宴

一只鹰掠过武昌的天空
看见你在南湖边
使劲
在自己的身上挖出一个个小坑
种上阳光、竹子和桂花

当我路过的时候
阳光正好，竹子已长大成林
只是桂花散布在不同的角落
各有各的家
我想，你当时肯定心事重重
在播种桂花的时候
如此漫不经心

卓刀泉

如果没有关羽那一刀
你是否还会长眠地下
如果我再给补你一刀
你是否可以
将我还给历史

一位老人捧着稻穗走向天堂

——悼念袁隆平院士

时间定格在 2021 年 5 月 22 日的午后
人们都填饱了肚子
我一早起来粒米未进
不为其他
只为找回儿时蔓延四季的饥饿感
以更好地珍惜这美好的时光
我在二十四城的房子里
静静地看着窗外的大树摇曳
一场突如其来的大雨令我泪流满面
令我泪流满面的还有这突如其来的消息
每一粒米都跟着哀伤
稻田暗淡无光
一场雨不经意间倾盆而下
多少辛酸的往事涌上心头
而今，那位在田间地头与稻谷聊家常的老人
告别每一粒米

告别每一滴水
从今往后与星星做伴
雨后天晴
亿万双眼睛仰望天空
一位老人捧着稻穗走向天堂
彩虹桥上
繁花似锦
霞飞满天

里约热内卢的树

热带季风经过这里
耶利亚女郎沉迷这里
跳动的舞蹈和文字
在这里歇息
里约热内卢
像一棵棕榈树
守护着南美洲的门户

海岸线绵延万里
在梦里它是母亲手中的一根线
里约热内卢是针眼
远方没有尽头
大西洋
那一汪眼泪
摇摇欲坠
我哭了
母亲紧拽手中的线头

而我却在四处漂泊
或太平洋
或大西洋
或印度洋
或北冰洋
但无论漂到哪里
最终的目的地都是曾母暗沙
最终没有断流的
是黄皮肤下面涌动的液体

我想总会有一个人
总会有这么一天从我身边经过
惊叹地说
看
里约热内卢的树
跑到了这里

沙漠与海

每一粒沙子里面都隐藏着一片沙漠
每一滴水里面都隐藏着一片大海

此刻我走在相思湖畔红色的栈道
无数的水滴在心里
冲刷无数的沙粒
雨未停
沙不移
一株红豆斜跨红色的栈道
俯瞰相思湖
不停地摇曳

候　鸟

没有谁比候鸟看得更透彻
这一世
要么一路朝南
要么一路向北
要么不分东西

候鸟成群结队
展翅高飞
在辽阔的天空里
阳光　自由　心无旁骛

候鸟不必铭记路线
也能准确把握自己的位置
风风雨雨
都只不过一年四季

候鸟一生的信仰
都坚定不移
每一场浩浩荡荡的迁徙
都是一次对苍穹的拱手礼

你说，如果一群候鸟飞过屋顶
要么冷了要么暖了
如果一群候鸟在人的心里筑巢
那么全世界的春天已悄然来到

此刻，一群候鸟正在集合
它们将从每一个人的心里掠过
并在每一个人的心里
写下箴言
继续飞翔

问　心

一

亿万光年的辽阔
亿万光年的虚空
亿万分之一的小
你从哪里来
为何而来

二

沸点之上的亿万点
混沌主导一切
一切的一
一的一切
那朵沸腾的花
红黄相间的欲望
等待温差
坚硬的核
漫天的蕊

三

收留吧
这无边的小
收留这无边的欲望吧
赋予它生命
使它脱胎换骨

四

铃声由远及近
从遥远的星际
你听不到呼吸
你看不见自己
孤寂是唯一

五

寻找
寻找似曾相识的你
你携带欲望
重蹈覆辙
欲望无罪
欲望即是罪

六

熔岩绽放的花朵
红色如血
遇见水逐渐变黑
有了金属的属性
掷地有声

七

心似钢铁
热如熔岩
从海的末梢出发
回到海的末梢
陆上的河流都是海的游子
它们流向海
流向熔岩的故乡

八

有人在河边磨刀
一块石头摩擦另一块石头
磨出石刀砍伐朽木
磨出凹槽盛放生命之水

九

是谁以傲慢和偏见
否决尊重生命的条款
存在的生命和逝去的生命
都得不到尊重
是谁因此吃尽苦头
却仍然执迷不悟　固执己见

十

熔岩不断扩散
生命在迁徙
猛兽横行
有人踩着熔岩去采撷
红色之花
生命之火

十一

风在海上狂啸
火在海底集结
它们在瞳孔里昼伏夜出
密谋在陆上举行篝火晚会
受邀名单
在黑洞的保险箱里

十二

先哲在星辰的扉页上
找到了上天的秘密
那些名单决定人类的生死
星河浩瀚
有不明之火开始灼烧

十三

世界上最大的是海
比海更大的是天空
比天空更大的是人的心灵
先哲绕开女巫
把这些文字刻在隐蔽的光里

十四

暗流涌动
大陆板块悄悄漂移
它们要按照上天的旨意
回到各自的家乡
播下火种，吹送清新的风

十五

地球长出了四大文明古国
它们无惧来自星际的惶恐
它们构筑长城、金字塔、空中花园和泰姬陵
它们在先知的预言里
开始海上航行

十六

东方文明古国的一艘航船
载着黄河之沙
在船长郑和的号角里
点亮神祇的灯
梦的帆缓缓升起

十七

繁星各就各位
阳光、雨露均沾
烽烟又起
人类的心啊

复兴之路

一

这是一条漫长的求索之路
多少仁人志士披荆斩棘
在救亡图存的路上前赴后继
太平天国运动燃起的火把
义和团运动的扶清灭洋
百日维新的变亦变，不变亦变
都驱不散中华大地上空厚重的阴霾
都化不掉列强割据的耻辱
山河破碎　民不聊生

二

这是一条信仰的抉择之路
多少次思想的碰撞
经过十月革命的洗礼
才能撞出星星之火

新青年们奔走在中国的土地上
一批信仰共产主义的进步青年
高举马克思主义旗帜
北李南陈　两大晨星
漫漫黑夜　吾辈仰望

三

这是一条严峻的考验之路
多少人风餐露宿　风雨兼程
他们扛起光明的旗帜　愿做光明的使者
他们齐聚望志路　同登南湖画舫
他们纲举目张　开天辟地
他们日月经天　江河行地　视死如归

四

这是一条曲折的生存之路
宛如生命之河百转千回
每一寸都踏石留印
他们扛起的革命大旗掀起了高潮
他们建立的统一战线绵延万里润泽大地
他们在一片白色恐怖里百折不挠
他们痛定思痛
在南昌举起了枪杆子　枪声划破长夜
他们在湘江、大渡河、雪山和草地突出重围
他们用草鞋和拐杖丈量出二万五千里的凤凰涅槃

五

这是一条英勇的抗战之路
日本侵略者犯我中华　贼心不死
那一天，穿过卢沟桥的子弹射进祖国的肌肤

神州大地上血流成河
那些年，中国共产党倡导抗日民族统一战线
四万万同胞以顽强意志铸就钢铁长城
敌后根据地像一把把尖刀扎进敌人的心脏
平型关大捷的炮声洗刷着民族的耻辱
血色的旗帜在民族的血脉里高高飘扬

六

这是一条正义的解放之路
和平建国的呼声响彻神州山河
重庆谈判签署的《双十协定》被反动派撕毁
血的历史血的教训血的现实告诉我们
要彻底解放镰刀和锤头
必须来一场事关中国前途命运的决战
辽沈、淮海、平津三大战役摧枯拉朽
在蒋家王朝的废墟之上
崭新的国度在世界东方挺拔屹立

七

这是一条自主的建设之路
从一场围追堵截到另一场围追堵截
这个国家千疮百孔　贫弱如洗
若非戈壁滩上升起的那朵蘑菇云
若非星辰中闪烁的那一颗“东方红”
若非大海里浮沉的那一艘长征 1 号
若非土地上涌起的那一片片稻浪
若非棉田里浮动的那一朵朵白云
世界不会知道东方雄狮已经苏醒

八

这是一条艰辛的改革之路
没有一条现成的道路供我们奋马扬鞭
没有一条现成的航道送我们直达世外桃源
我们唯有逢山开路遇水搭桥像先人一样摸着石头过河

我们唯有蹚深水涉险滩风雨无阻日夜兼程义无反顾
四十多年的跋山涉水　四十多年的千辛万苦
四十多年的斗转星移
我们既不走封闭僵化的老路　也不走改旗易帜的邪路
我们造船出海勇立潮头扬帆起航
社会主义的巨轮冲出迷雾　迎来春暖花开

九

这是一条伟大的复兴之路
我们走过的每一条道路都播撒着民族复兴的希望
从嘉兴南湖那一艘画舫开始
我们花上百年的时间精雕细琢
并承载历史长河中波光粼粼的梦想
峥嵘岁月里长烟落日万马奔腾的画卷
我们还要花更长的时间不忘初心劈波斩浪
前路惊涛骇浪但阳光灿烂
身后沧海桑田却星光璀璨

图书在版编目（CIP）数据

旧日的足迹 / 李云华著 . —南宁：广西民族出版社，2023.12
ISBN 978-7-5363-7746-2

Ⅰ.①旧… Ⅱ.①李… Ⅲ.①诗集—中国—当代 Ⅳ.①I227

中国国家版本馆CIP数据核字（2023）第215422号

JIURI DE ZUJI
旧日的足迹
李云华 著

出 版 人：石朝雄
责任编辑：卢悦宁
装帧设计：林武圣
责任校对：雷 舟
责任印制：莫晓东
出版发行：广西民族出版社
地址：广西南宁市青秀区桂春路3号 邮编：530028
电话：0771-5523216 传真：0771-5523225
电子邮箱：bws@gxmzbook.com
印 刷：广西壮族自治区地质印刷厂
规 格：787 毫米 ×1092 毫米 1/32
印 张：8.875
字 数：180 千字
版 次：2023 年 12 月第 1 版
印 次：2023 年 12 月第 1 次印刷
书 号：ISBN 978-7-5363-7746-2
定 价：46.00 元

※ 版权所有 · 侵权必究 ※